精益工程视频讲堂（CAD/CAM/CAE）

AutoCAD 2010 电气工程设计

腾龙科技

刘新东　谢龙汉　编著

清华大学出版社

北　京

内 容 简 介

本书基于 AutoCAD 2010 中文版写作,在 11 讲和 4 个附录的篇幅中依次介绍了 AutoCAD 2010 的基本绘图方法、基本编辑方法、图块的应用、尺寸标注、文字标注及表格、输电线路工程的绘制、变电工程应用实例、变电站综合自动化应用实例等。除第 1 讲外,书中各讲均按照"实例·模仿→功能讲解→实例·操作→实例·练习"的流程,通过适量典型实例操作和重点知识讲解相结合的方法,对 AutoCAD 2010 的电气制图相关功能进行讲解。在讲解中力求紧扣操作、语言简洁、形象直观,避免冗长的解释说明,使读者能够快速了解 AutoCAD 的使用方法和操作步骤。另一方面,在绘制电气工程样图的过程中,严格遵照电气制图国家标准的要求,使读者在练习的过程中不仅能够掌握 AutoCAD 2010 的基本应用,还能对电气制图的常用国家标准有所认识,从而在完成本书的学习之后能够绘制出规范的电气工程图纸。本书配有全程操作动画,包括详细的功能讲解和实例操作过程,读者可以通过观看动画来学习。

本书可作为 AutoCAD 2010 初学者入门和提高的学习教程,也可作为各大中专院校及社会培训机构的专业 CAD 教材,还可供从事电气工程设计以及 CAD/CAE/CAM 相关领域的专业技术人员参考、学习。

图书在版编目(CIP)数据

AutoCAD 2010 电气工程设计/腾龙科技编著. —北京:清华大学出版社,2011.10

ISBN 978-7-302-26342-5

Ⅰ. ①A… Ⅱ. ①腾… Ⅲ. ①电气工程-计算机辅助设计-AutoCAD 软件 Ⅳ. ①TM02-39

中国版本图书馆 CIP 数据核字(2011)第 155432 号

责任编辑:钟志芳
封面设计:刘 超
版式设计:文森时代
责任校对:柴 燕
责任印制:何 芊

出版发行	清华大学出版社		地 址	北京清华大学学研大厦 A 座
	http://www.tup.com.cn		邮 编	100084
社 总 机	010-62770175		邮 购	010-62786544
投稿与读者服务	010-62776969,c-service@tup.tsinghua.edu.cn			
质 量 反 馈	010-62772015,zhiliang@tup.tsinghua.edu.cn			

印 装 者:北京鑫海金澳胶印有限公司

经   销:全国新华书店

开   本:185×260 印 张:14 字 数:322 千字
         (附 DVD 光盘 1 张)

版   次:2011 年 10 月第 1 版 印 次:2011 年 10 月第 1 次印刷

印   数:1~4000

定   价:36.00 元

产品编号:039023-01

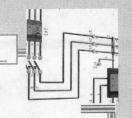

腾龙科技
TenLong Tech

腾龙科技

主编： 谢龙汉

编委： 林　伟　魏艳光　林木议　郑　晓　吴　苗

林树财　林伟洁　王悦阳　辛　栋　刘艳龙

伍凤仪　张　磊　刘平安　鲁　力　张桂东

邓　奕　马双宝　王　杰　刘江涛　陈仁越

彭国之　光　耀　姜玲莲　姚健娣　赵新宇

莫　衍　朱小远　彭　勇　潘晓烨　耿　煜

刘新东　尚　涛　张炯明　李　翔　朱红钧

李宏磊　唐培培　刘文超　刘新让　林元华

视频教学

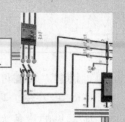

前　言

　　源于丰田汽车的"精益生产"精神，造就了丰田汽车王国，也直接影响了日本的整个工业体系，包括笔者曾经工作过的本田汽车公司。精益生产的精髓是"精简"和"效率"，简单地说，就是只有精简的组织结构，才能达到最大的生产效率。在产品的整个生产流程中，开发设计阶段是其中的关键一环。产品设计开发是个复杂、烦琐、反复的设计过程，只有合理组织设计过程，使用合理的设计方法，才能最大地提高设计开发效率。因此，将精益生产的理念运用于设计开发阶段具有十分重要的现实意义。本丛书所提出的"精益工程"，包括精益设计（针对设计领域）、精益制造（针对数控加工领域）和精益分析（针对工程分析），其主要理念是"功能简洁必要、组织紧凑合理、学习高效方便"。众所周知，计算机辅助设计软件都包含了繁杂的功能，有些功能只是针对某些特定用途，但这些繁杂功能却搞乱了读者，如果把所有功能都堆积到书中，那么读者浪费的不仅仅是金钱，还会浪费学习时间。

　　AutoCAD 是一款功能强大的绘图软件，广泛应用于电气设计、航空航天、机械制造等领域，可以说是电气、机械等工程领域技术人员的必备工具。本书精选电气制图领域所需的相关知识点进行详细讲解，并以丰富的案例、全视频讲解等方式进行全方位教学。

本书特色

　　除第 1 讲外，书中各讲均按照"实例·模仿→功能讲解→实例·操作→实例·练习"的流程，通过适量的典型实例操作和重点知识讲解相结合的方式，对 AutoCAD 2010 的电气制图相关功能进行讲解。在讲解中力求紧扣操作、语言简洁、形象直观，避免冗长的解释说明，省略对不常用功能的讲解，使读者能够快速了解 AutoCAD 的使用方法和操作步骤。

　　在电气工程样图的绘制过程中，严格遵照电气制图国家标准的要求，使读者在练习的过程中不仅能够掌握 AutoCAD 2010 的基本操作，还对电气制图的常用国家标准有所认识，从而在完成本书的学习之后能够绘制出规范的工程图纸。

　　全书录制视频。将实例操作、功能讲解、练习等全部内容，按照上课教学的形式录制成多媒体视频，让读者如临教室，学习效果更好。读者甚至可以抛开书本，直接观看视频，学习起来更为轻松。读者可以按照书中列出的视频路径，从光盘中打开相应的视频，使用 Windows Media Player 等常用播放器进行观看（提示：如果播放不了，可安装光盘中的 tscc.exe 插件）。

本书内容

　　本书共 11 讲，后附有 4 个附录。讲解中含有大量图片，形象直观，便于读者模仿操作和学习。此外，本书配有光盘，包含本书的教学视频及实例讲解的 DWG 文件，方便读者自学。

　　第 1 讲为 AutoCAD 2010 基础讲解，首先对 AutoCAD 软件进行简要介绍，并对 AutoCAD 2010 版本的新功能进行说明，然后对绘图环境的基本设置、图形文件操作、图层设置等操作进行讲解。通过对这一讲的学习，读者能够对 AutoCAD 形成初步的认识。

第 2、3、4 讲对图形的基本绘制方法和基本编辑方法进行讲解。这 3 讲主要是以电气工程领域常见的设备为例（如电流互感器、变压器、隔离开关和断路器等），由浅入深地介绍其绘制和编辑方法。通过对这 3 讲的学习，读者可以掌握简单电气工程设备的绘制方法。

第 5、6、7 讲对 AutoCAD 2010 中图块的创建及应用、尺寸标注、文字标注及表格进行讲解。通过对这 3 讲的学习，读者将具备绘制较复杂的平面图形的能力。

第 8、9、10 讲对 AutoCAD 在电气工程中的应用进行讲解，包括输电线路工程、变电工程的一次部分和二次部分的绘制。通过对这 3 讲的学习，读者将具备绘制基本的电气工程图纸的能力。

第 11 讲主要讲述变电站综合自动化应用实例。

本书附有 4 个附录，其内容为 AutoCAD 2010 的安装及设置、绘图环境设置、打印出图、常用命令集及系统变量，供有需要的读者参考。

读者对象

本书具有操作性强、指导性强、语言简洁的特点，可作为 AutoCAD 初学者入门和提高的学习教程，也可作为各大中专院校及社会培训机构的 AutoCAD 教材，还可供从事电气工程设计以及 CAD/CAM/CAE 相关领域的专业技术人员参考、学习。

学习建议

建议读者按照图书编排的前后次序学习 AutoCAD 软件。从第 2 讲开始，首先浏览一下"实例·模仿"，然后打开该案例的光盘视频仔细观看一遍，再按照实例的操作步骤一步步在 AutoCAD 中进行操作。如果遇到操作困难的地方，可以再次观看视频。功能讲解部分，读者可以先观看每一节的视频，然后动手进行操作。"实例·操作"部分，建议读者首先直接按照书中的操作步骤动手进行操作，完成后再观看视频以加深印象，并纠正自己操作中的错误。"实例·练习"部分，建议读者根据案例的要求自行练习，遇到不懂的地方再查看书中操作步骤或观看操作动画。

感谢您选用本书进行学习！如果您对本书有什么意见或建议，可以写信告诉我们（E-mail：baiom@163.com 或者 xielonghan@yahoo.com.cn），我们会尽快答复。祝您学习愉快！

编　者

2011 年 8 月

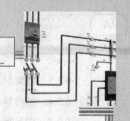
目　录

第 1 讲　AutoCAD 2010 基础操作

　　本讲首先简要介绍了 AutoCAD 软件及 AutoCAD 2010 的新增功能，然后从启动与退出、软件界面及功能、绘图环境基本设置、图形文件操作、图层设置等方面介绍 AutoCAD 2010 的基础操作，为以后各讲的学习奠定基础。

 本讲内容

- AutoCAD 功能简介
- AutoCAD 2010 的启动与退出
- AutoCAD 2010 工作界面及功能
- 绘图环境基本设置

- 图形文件操作
- 图层设置
- 坐标系
- 图形显示与控制

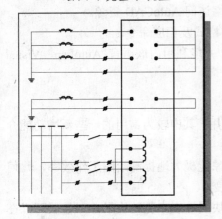

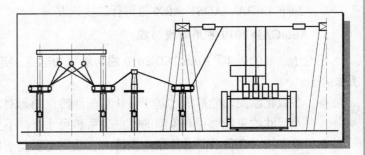

1.1　AutoCAD 简介及 AutoCAD 2010 新增功能

　　AutoCAD（Auto Computer Aided Design）是由美国 Autodesk 公司开发的一款计算机辅助设计软件，主要用于二维绘图、设计文档和基本三维设计，现已成为国际上应用广泛的绘图工具。

1. AutoCAD 软件的特点

AutoCAD 软件具有如下特点：

（1）具有完善的图形绘制功能。

（2）具有强大的图形编辑功能。

（3）可以采用多种方式进行二次开发或用户定制。

（4）可以进行多种图形格式的转换，具有较强的数据交换能力。

（5）支持多种硬件设备。

（6）支持多种操作平台。

（7）具有通用性、易用性。

2. AutoCAD 软件的基本功能

AutoCAD 软件具有如下基本功能。

◆ 平面绘图功能：能以多种方式创建直线、圆、椭圆、多边形、样条曲线等基本的图形对象。

◆ 绘图辅助工具：AutoCAD 提供了正交、对象捕捉、极轴追踪、捕捉追踪等绘图辅助工具。正交功能使用户可以很方便地绘制水平、竖直直线；对象捕捉功能方便用户拾取几何对象上的特殊点；追踪功能使画斜线及沿不同方向定位点变得更加容易。

◆ 编辑图形：AutoCAD 具有强大的编辑功能，可以移动、复制、旋转、阵列、拉伸、延长、修剪、缩放对象等。

◆ 标注尺寸：可以创建多种类型的尺寸，标注外观可以自行设定。

◆ 书写文字：能轻易在图形的任何位置、沿任何方向书写文字，可设定文字字体、倾斜角度及宽度缩放比例等属性。

◆ 图层管理功能：图形对象都位于某一图层上，可设定图层的颜色、线型、线宽等特性。

◆ 三维绘图：可创建 3D 实体及表面模型，能对实体本身进行编辑。

◆ 网络功能：可将图形在网络上发布，也可以通过网络访问 AutoCAD 资源。

◆ 数据交换：AutoCAD 提供了多种图形图像数据交换格式及相应命令。

◆ 二次开发：AutoCAD 允许用户定制菜单和工具栏，并能利用内嵌语言 Autolisp、Visual Lisp、VBA、ADS、ARX 等进行二次开发。

3. AutoCAD 2010 常用新增功能

相对于之前的版本，AutoCAD 2010 的功能更加丰富、实用，其中较为常用的一些新增功能介绍如下。

◆ 参数化绘图功能：通过基于设计意图地约束图形对象能极大地提高绘图工作效率，几何及尺寸约束能够让对象间的特定关系和尺寸保持不变。

◆ 动态块对几何及尺寸约束的支持：该功能可以基于块属性表来驱动块尺寸，甚至可以在不保存或退出块编辑器的情况下测试块。

◆ 光滑网线：此功能能够创建自由形式和流畅的 3D 模型。

◆ 子对象选择过滤器：可以限制子对象选择为面、边或顶点。

◆ PDF 输出：提供了灵活、高质量的输出，把 TureType 字体输出为文本而不是图片，可定义包括层信息在内的混合选项，并可以自动预览输出的 PDF。

◆ PDF 覆盖：该功能可以通过与附加其他的外部参照（如 DWG、DWF、DGN）及图形文件一样的方式，在 AutoCAD 图形中附加一个 PDF 文件，并且可以利用对象捕捉功能来捕捉 PDF 文件中几何体的关键点。

◆ 填充：填充功能变得更加强大和灵活，能够夹点编辑非关联填充对象。

◆ 多引线：提供了更多的灵活性，可以对多引线的不同部分设置属性、对多引线的样式设置垂直附件等。

◆ 查找和替换：将缩放到一个高亮的文本对象，可以快速创建包含高亮对象的选择集。

◆ 尺寸功能：增强了尺寸功能，提供了更多对尺寸文本的显示和位置的控制功能。

◆ 颜色选择：可以在 AutoCAD 颜色索引器里更容易被看到，可以在图层下拉列表中直接改变图层的颜色。
◆ 测量工具：能够测量所选对象的距离、半径、角度、面积或体积。
◆ 反转工具：可以反转直线、多段线、样条线和螺旋线的方向。
◆ 样条线和多段线编辑工具：该工具可以把样条线转换为多段线。
◆ 视口旋转功能：该功能可以控制一个布局中视口的旋转角度。
◆ 图纸集：可以设置哪些图纸或部分应该被包含在发布操作中，图纸表格比以前更加灵活。
◆ 3D 打印功能：可以通过一个互联网连接来直接输出 3D AutoCAD 图形到支持 STL 的打印机。

1.2　AutoCAD 2010 的启动与退出

——参见附带光盘中的 "AVI\Ch1\1-2.avi" 文件

1. AutoCAD 2010 的启动

安装好 AutoCAD 2010 之后，双击桌面上的快捷方式图标，即可启动 AutoCAD 2010 软件，进入其工作界面。

也可以通过 "开始" 菜单的方式启动 AutoCAD 2010 软件。在 Windows 系统下，其操作方式为：选择 "开始" → "所有程序" → Autodesk → AutoCAD 2010-Simplified Chinese → AutoCAD 2010 命令。

2. AutoCAD 2010 的退出

退出 AutoCAD 2010 有 3 种方式：
◆ 单击 AutoCAD 2010 工作界面右上角的 "关闭" 按钮。
◆ 在菜单栏中选择 "文件" → "退出" 命令。
◆ 在命令行中输入 "quit" 命令后按 Enter 键。

1.3　AutoCAD 2010 工作界面及功能

——参见附带光盘中的 "AVI\Ch1\1-3.avi" 文件

启动 AutoCAD 2010 之后，进入其工作界面，如图 1-1 所示。该工作界面主要由应用程序菜单按钮、快速访问工具栏、标题栏、信息中心、功能区、工作区域、命令行和状态栏组成。其中，功能区包含 3 部分，即名称、面板和选项卡；十字光标所在区域为工作区域，所有图形的绘制及编辑等操作都在此区域完成。

1. 应用程序菜单按钮

应用程序菜单按钮位于 AutoCAD 界面的左上角，单击之后即可弹出应用程序菜单，如图 1-2

所示。通过应用程序菜单可以方便地访问公用工具，创建、打开、保存、打印和发布 AutoCAD 文件，将当前图形作为电子邮件附件发送，以及制作电子传送集。此外，还可执行图形维护（如核查和清理），以及关闭图形操作。

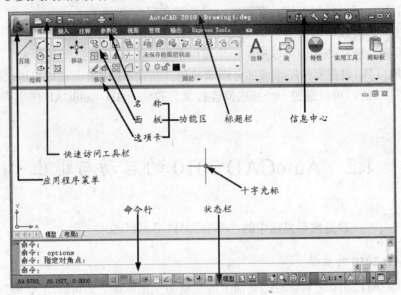

图 1-1 AutoCAD 2010 工作界面

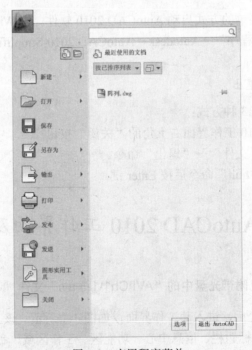

图 1-2 应用程序菜单

在应用程序菜单的上面有一搜索工具，可以通过它查询快速访问工具栏、应用程序菜单以及当前加载的功能区以定位命令、功能区面板名称和其他功能区控件。

在应用程序菜单右上方的"最近使用的文档"栏中列出了最近打开的文档，除了可按大小、类型和规则列表排序外，还可按照日期排序。

2. 快速访问工具栏

快速访问工具栏中提供了一些常用的命令，如新建、打开、保存、放弃、重做和打印等。另外，单击快速访问工具栏右端的下拉按钮，在弹出的下拉菜单中提供了更多的常用命令，如图1-3所示。

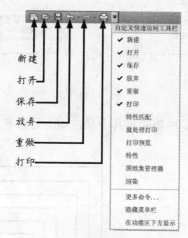

图 1-3　快速访问工具栏

3. 功能区

功能区是一个包含 AutoCAD 2010 各种常用功能的选项板，由名称、面板、选项卡 3 部分组成，如图 1-4 所示。其中，面板中有多种功能按钮，可以通过单击选择所需要的功能；单击选项卡底部的下拉按钮，可以使各个选项卡中的隐藏功能得以显示。

图 1-4　功能区

4. 标题栏

标题栏中的显示内容分为两部分：前半部分为软件版本，即 AutoCAD 2010；后半部分为当前打开的文件名，如图 1-5 所示。

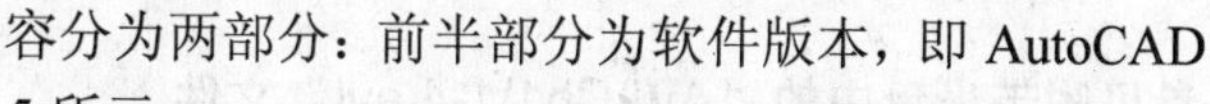

AutoCAD 2010　Drawing1.dwg

图 1-5　标题栏

5. 信息中心

信息中心位于标题栏的右侧，其中包含搜索、速博应用中心、通信中心、收藏夹、帮助 5 个功能，如图 1-6 所示。

6. 命令行

命令行位于窗口的下部，用户可以通过在其中输入命令来实现 AutoCAD 的各种功能。此外，

视频教学

用户通过菜单或者工具栏执行命令的过程也在此区域显示，如图 1-7 所示。

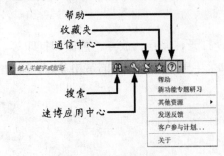

图 1-6　信息中心

图 1-7　命令行

7. 状态栏

状态栏位于窗口最下方，有多种功能。其中最左端为图形坐标，显示的是当前十字光标的坐标；其他按钮功能如图 1-8 所示。

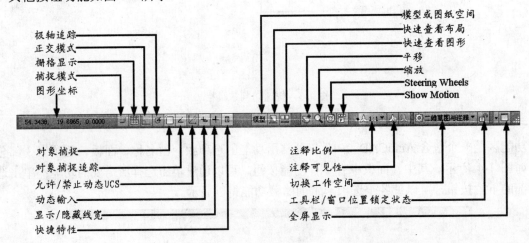

图 1-8　状态栏

1.4　绘图环境基本设置

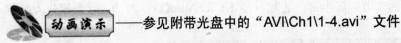

动画演示——参见附带光盘中的 "AVI\Ch1\1-4.avi" 文件

通常情况下，用户在 AutoCAD 2010 的默认环境下工作。但是在某些情况下，用户对绘图环境进行必要的设置，可以提高绘图效率。

1.4.1　系统参数设置

设置系统参数是通过"选项"对话框进行的，如图 1-9 所示。可以通过两种方式打开"选项"对话框。

◆　命令行：输入 "options"。

◆ 菜单：选择"工具"→"选项"命令。

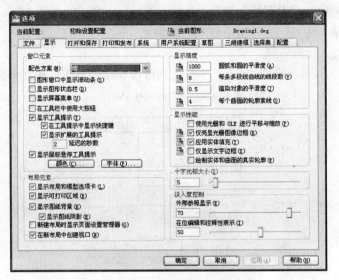

图 1-9 "选项"对话框

　　"选项"对话框由"文件"、"显示"、"打开和保存"、"打印和发布"、"系统"、"用户系统配置"、"草图"、"三维建模"、"选择集"和"配置"10 个选项卡组成，各个选项卡的主要功能分别介绍如下。

◆ "文件"选项卡：指定文件夹，以供 AutoCAD 查找当前文件夹中所不存在的文字字体、插件、线型等项目。

◆ "显示"选项卡：用于设置窗口元素、布局元素、显示精度、显示性能、十字光标大小等显示属性。

◆ "打开和保存"选项卡：用于设置默认情况下文件保存的格式、是否自动保存文件以及自动保存时间间隔等属性。

◆ "打印和发布"选项卡：用于设置 AutoCAD 的输出设备。在默认情况下，输出设备为 Windows 打印机。但是通常需要用户添加绘图仪，以完成较大幅面图形的输出。

◆ "系统"选项卡：用于设置当前三维图形的显示属性、当前定点设备、布局生成选项等。

◆ "用户系统配置"选项卡：用于设置是否使用快捷菜单、插入比例、坐标输入优先级、字段等。

◆ "草图"选项卡：用于设置自动捕捉、自动追踪、对象捕捉选项靶框大小等属性。

◆ "三维建模"选项卡：用于设置三维十字光标、显示 UCS 图标、动态输入、三维对象和三维导航等属性。

◆ "选择集"选项卡：用于设置选择集模式、拾取框大小及夹点颜色和大小等属性。

◆ "配置"选项卡：用于实现系统配置文件的新建、重命名、输入、输出及删除等操作。

1.4.2　绘图界限设置

　　绘图界限是指绘图空间中一个假想的矩形绘图区域。如果打开了图形边界检查功能，一旦绘制的图形超出了绘图界限，系统就将发出提示。

可以通过以下两种方式设置绘图界限。

◆ 菜单：选择"格式"→"图形界限"命令。

◆ 命令行：输入"limits"。

A3 图纸的规格为 420mm×297mm，按照此规格设置绘图界限的操作步骤如图 1-10 所示。

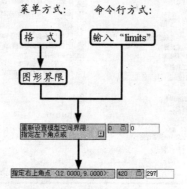

图 1-10　设置绘图界限的两种方式

1.4.3　绘图单位设置

通常情况下，用户是采用 AutoCAD 2010 的默认单位来绘图的。AutoCAD 2010 支持用户自定义绘图单位。用户可以通过以下两种方式来设置绘图单位。

◆ 菜单：选择"格式"→"单位"命令。

◆ 命令行：输入"ddunits"。

执行上述操作之后将弹出"图形单位"对话框（如图 1-11 所示），可以在该对话框中对图形单位进行设置。

图 1-11　"图形单位"对话框

1．长度

在"长度"选项组中可以设置图形的长度单位的类型和精度。长度单位的默认类型为"小数"，精度的默认值为小数点之后 4 位数。

2．角度

在"角度"选项组中可以设置角度单位的类型和精度。角度单位的默认类型为"十进制度数"，精度默认为小数点之后两位数。

3．插入时的缩放单位

在该选项组中可以设置用于缩放插入内容的单位，可以选择的单位有毫米、英寸、码、厘米、米等。

4．方向

单击"图形单位"对话框中的"方向"按钮，在弹出的如图 1-12 所示"方向控制"对话框中可以设置基准角度方向。AutoCAD 2010 默认的基准角度方向为正东方向。

图 1-12　"方向控制"对话框

5．光源

"光源"选项组用于设置当前图形中光源强度的单位，其中提供了"国际"、"美国"和"常规" 3 种测量单位。

1.5　图形文件操作

　参见附带光盘中的"AVI\Ch1\1-5.avi"文件

1.5.1　新建图形

新建图形是绘制新图形的开始。在 AutoCAD 2010 中，可通过 4 种方式来创建新图形。

◆ 菜单：选择"文件"→"新建"命令。

◆ 工具栏：单击快速访问工具栏中的"新建"按钮 。

◆ 命令行：输入"qnew"。

◆ 快捷键：Ctrl+N。

执行以上操作后，将打开"选择样板"对话框，如图 1-13 所示。

在该对话框中，用户可以选择合适的样板，并在右侧的"预览"框中实时查看样板的预览效果。选择样板之后，单击"打开"按钮，即可按照选择的样板创建新的图形。

图 1-13　"选择样板"对话框

1.5.2　保存图形

在完成或者部分完成图形绘制之后，需要对其进行保存，以防意外情况的发生，便于以后的操作。图形的保存有以下 4 种方式。

◆ 菜单：选择"文件"→"保存"命令。

◆ 工具栏：单击快速访问工具栏中的"保存"按钮 。

◆ 命令行：输入"qsave"。

◆ 快捷键：Ctrl+S。

通过执行上述步骤，可以对图形进行保存。若当前图形文件已经保存过，则 AutoCAD 2010 会用当前的图形文件覆盖原有文件；如果图形尚未保存过，则弹出"图形另存为"对话框（如图 1-14 所示），可以通过该对话框进行保存位置、名称、保存文件类型等的设置。

图 1-14　"图形另存为"对话框

完成各个选项的设置之后，单击"保存"按钮，即可完成图形文件的保存。

📢 提示：建议用户新建图形之后，紧接着执行保存命令。由于 AutoCAD 2010 的自动保存是默认打开的，这样可以减小因断电、死机、操作失误等造成的损失。

1.5.3　打开图形

对于已有的图形文件，可以通过以下方式将其打开。

◆　菜单：选择"文件"→"打开"命令。

◆　工具栏：单击快速访问工具栏中的"打开"按钮。

◆　命令行：输入"open"。

◆　快捷键：Ctrl+O。

执行以上操作后，"选择文件"对话框将会被打开，如图 1-15 所示。在该对话框中，可以通过浏览选择要打开的文件，然后单击"打开"按钮，即可打开该文件。

图 1-15　"选择文件"对话框

1.5.4　关闭图形

完成图形的绘制之后，可以通过单击右上角的"关闭当前图形"按钮（如图 1-16 所示）来实现对当前图形的关闭，而不退出 AutoCAD 2010。

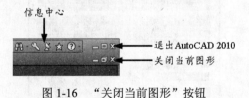

图 1-16　"关闭当前图形"按钮

1.6　图 层 设 置

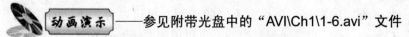

动画演示——参见附带光盘中的"AVI\Ch1\1-6.avi"文件

AutoCAD 中的图层工具可以让用户方便地管理图形。图层相当于一层"透明纸"，用户可以在不同的图层上绘制图形，最后相当于把多层绘有不同图形的透明纸叠放在一起，从而组成完整的图形。

　　用户对图层的管理主要是通过图层特性管理器来实现，如图 1-17 所示。可以通过以下方式打开图层特性管理器。

　　◆　功能区："常用"→"图层"→"图层特性" 。
　　◆　菜单：选择"格式"→"图层"命令。
　　◆　命令行：输入"layer"。

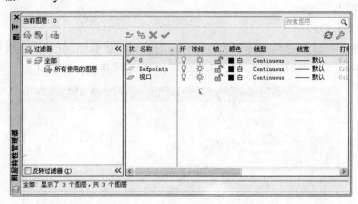

图 1-17　图形特性管理器

（1）新建图层

　　单击"新建图层"按钮 ，即可创建一个新图层，并可以对该图层进行重命名。

（2）图层颜色设置

　　为了区分不同的图层，对图层设置颜色是必要的。AutoCAD 默认的图层颜色为白色，用户也可在图层特性管理器中单击 ■白 按钮，在弹出的如图 1-18 所示的"选择颜色"对话框中选择需要的颜色。

图 1-18　"选择颜色"对话框

（3）图层线型设置

　　在绘图时会用到不同的线型。不同的图层可以设置不同的线型，也可以设置相同的线型。AutoCAD 中系统默认的线型是 Continuous，也就是连续直线。可以单击 Continuous 按钮，在弹出的如图 1-19 所示的"选择线型"对话框中进行线型设置。

　　如果"选择线型"对话框中没有所需要的线型，可以单击该对话框中的"加载"按钮，在弹出的如图 1-20 所示的"加载或重载线型"对话框中查找所需要的线型，选定之后单击"确定"按钮，便可以将该线型加载到"选择线型"对话框中。然后在"选择线型"对话框中选择该线型，单击"确定"按钮即可。

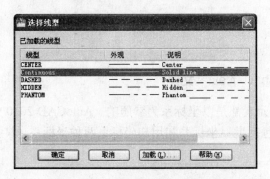

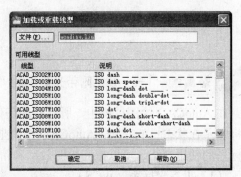

图 1-19 "选择线型"对话框　　　　　　　图 1-20 "加载或重载线型"对话框

（4）图层线宽的设置

在绘图中，常需要用到不同宽度的线条，而 AutoCAD 中的默认线宽为 0，所以有必要对其进行设置。单击 —— 默认 按钮，在弹出的如图 1-21 所示的"线宽"对话框中可以进行线宽的设置。

图 1-21 "线宽"对话框

（5）图层的其他特性

◆ 打开/关闭：在图层特性管理器中以灯泡的颜色来表示图层的开关。在默认情况下，所有图层都处于打开的状态，此时灯泡颜色为"黄色"💡。在这种状态下，图层可以使用和输出。单击灯泡可以切换图层到关闭状态，此时灯泡颜色为"灰色"💡。在这种状态下，图层不能使用和输出。

◆ 冻结/解冻：对于打开的图层，系统默认其状态为解冻，显示的图标为"太阳"☼。在这种状态下，图层可以显示、打印输出和编辑。单击太阳图标可以将图层转换到冻结状态，显示的图标为"雪花"❄。在这种状态下，图层不能显示、打印输出和编辑。

◆ 锁定/解锁：在绘制复杂图形的过程中，为了在绘制其他图层时不影响某一图层，可以将该图层锁定，显示的图标为"锁定"🔒。锁定不会影响到图层的显示。单击"锁定"按钮🔒可以将图层切换到解锁状态，此时图标显示为"解锁"🔓。

◆ 打印样式：用来确定图层的打印样式。如果是彩色的图层，则无法更改样式。

◆ 打印：用来设定哪些图层可以打印。可以打印的图层以🖨显示；单击该图标可以将图层设置为不能打印，这时以图标 显示。打印功能只对可见图层、没有冻结的图层、没有锁定的图层和没有关闭的图层有效。

1.7 坐 标 系

 动画演示——参见附带光盘中的"AVI\Ch1\1-7.avi"文件

在 AutoCAD 绘图过程中，所绘制的任何一个元素都是以坐标系为参照的。AutoCAD 2010 中坐标显示在状态栏的左端。AutoCAD 中的坐标系包括世界坐标系和用户坐标系两种坐标系。掌握坐标系的使用方法，可以提高绘图效率和精度。

（1）世界坐标系（WCS）

打开 AutoCAD 2010 绘图时，系统自动进入世界坐标系的第一象限，其左下角坐标为（0，0，0）。在绘图中，如果需要精确定位一个点，需要采用键盘输入坐标值的方式。常用的输入方式有绝对坐标、相对坐标、绝对极坐标和相对极坐标 4 种。

◆ 绝对坐标：绝对坐标是以坐标原点（0，0，0）为基点定位所有的点。各个点之间没有相对关系，只与坐标原点有关。用户可以输入（X，Y，Z）坐标来定义一个点的位置。如果 Z 坐标为 0，则可以省略。

◆ 绝对极坐标：以坐标原点（0，0，0）为极点定位所有的点，通过输入相对于极点的距离和角度来定义点的位置。AutoCAD 2010 中默认的角度正方向为逆时针方向。输入格式为：距离<角度。

◆ 相对坐标：以某一点相对于另一已知点的相对坐标位置来定义该点的位置。假设该点相对于已知点的坐标增量为（ΔX，ΔY，ΔZ），则其输入格式为（@ΔX，ΔY，ΔZ）。

◆ 相对极坐标：以某一点为参考极点，输入相对于极点的距离和角度来定义另一个点的位置。输入格式为：@距离<角度。

（2）用户坐标系（UCS）

在绘图中，经常需要改变坐标系的原点和方向，用户坐标系可以满足此需求。用户坐标系在位置和方向上都有很大的灵活性，用户可以根据需求进行设置。可以通过以下 3 种方式启动用户坐标系命令。

◆ 功能区："视图"→"坐标"→UCS⌞。

◆ 菜单：选择"工具"→"新建 UCS"命令。

◆ 命令行：输入"UCS"。

新建 UCS 的步骤如下：

（1）通过以上 3 种方式中的一种开始执行 UCS 命令。

（2）在弹出的"指定 UCS 的原点或"输入框中输入用户坐标系原点的世界坐标值。

（3）在弹出的"指定 X 轴上的点或<接受>"输入框中输入该点相对于 UCS 原点的相对极坐标，即可指定新用户坐标系的方向。如果不进行输入，而是直接按 Enter 键，则用户新建的 UCS 方向不发生变化。

新建 UCS 操作步骤如图 1-22 所示。

视频教学

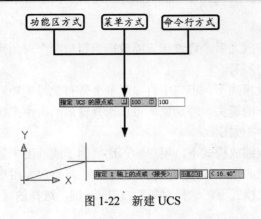

图 1-22 新建 UCS

1.8 图形显示与控制

——参见附带光盘中的 "AVI\Ch1\1-8.avi" 文件

图形的显示与控制是 AutoCAD 绘图的基础，通过对其相关选项的设置，用户可以通过多种方式观察图形对象。

1.8.1 图形的平移与缩放

（1）图形的平移

使用图形的平移命令时，图形的显示比例不变，只是发生平移，从而使用户可以更方便地观察。平移的操作方法有以下 4 种。

◆ 功能区："视图"→"导航"→"平移"。
◆ 菜单：选择"视图"→"平移"命令。
◆ 命令行：输入"pan"。
◆ 按下鼠标滚轮拖动。

常用的平移有实时平移和定点平移两种。前者的平移位置由鼠标的运动控制，而后者通过指定基点或位移进行平移。

（2）图形的缩放

通过图形缩放功能，用户可以更准确地观察图形。缩放后，图形的显示大小发生变化，但是其真实尺寸不变。

可以通过以下几种方法进行图形的缩放。

◆ 功能区："视图"→"导航"→"缩放"。
◆ 菜单：选择"视图"→"缩放"命令。
◆ 命令行：输入"zoom"。
◆ 滚动鼠标滚轮。

图形缩放有以下几种模式。

◆ 实时：执行该操作之后，鼠标指针变成，按下鼠标左键向上拖动能够使图形放大，反之可使图形缩小。

◆ 窗口：选择窗口缩放之后，通过指定缩放矩形窗口两个对角点，可以使这个矩形窗口内的图形放大至整个屏幕。

◆ 动态：在动态缩放模式下，窗口中将显示一个带有叉号的矩形方框，单击后叉号消失，显示一个指向右方的箭头，拖动鼠标可以选择窗口的大小来确定选择区域的大小，然后按 Enter 键，即可缩放图形。

◆ 中心点：在中心点缩放模式下，用户输入比例因子或高度来显示一个新图形，所指定的点作为新图形的中心点。输入的值比默认值小，将会放大图形；反之，则会缩小图形。

◆ 对象：在对象缩放模式下，选择对象后按 Enter 键，选择的对象会位于绘图区域的中心，并放大显示。

1.8.2　图形的重生成

图形的重生成可以使计算机重新计算图形各个元素上各点的位置，并且刷新显示。例如，原来绘制的很小的圆放大之后，显示的是多边形，通过执行重生成命令，可以使该圆的显示变得圆润。

可以通过以下两种方式来执行图形的重生成命令。

◆ 菜单：选择"视图"→"重生成"命令。

◆ 命令行：输入"regen"。

1.8.3　鸟瞰视图

使用鸟瞰视图功能可以快速平移和缩放当前视口中的图形。可以通过以下两种方式启动鸟瞰视图。

◆ 菜单：选择"视图"→"鸟瞰视图"命令。

◆ 命令行：输入"dsviewer"。

执行上述操作后，将弹出"鸟瞰视图"窗口，如图 1-23 所示。

图 1-23　"鸟瞰视图"窗口

在"鸟瞰视图"窗口中单击鼠标左键，将会出现一个矩形方框，中心标记"×"。直接拖动鼠标移动时，绘图窗口内的图形会随之移动。再次单击鼠标左键，线框左侧出现指向右方的箭头，按住鼠标左键拖动可以缩放图形。

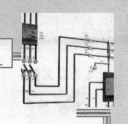
第 2 讲　绘制基本图形

　　二维绘图命令是 AutoCAD 使用最多的命令。本章以典型实例引出常用绘图命令，接着重点介绍二维基本图形的创建方法和步骤，并结合具体实例进一步说明这些常用命令的使用方法和技巧。

 本讲内容

- ↘ 实例·模仿——绘制断路器电气图
- ↘ 直线
- ↘ 圆及圆弧
- ↘ 矩形

- ↘ 正多边形
- ↘ 实例·操作——绘制隔离开关电气图
- ↘ 实例·练习——负荷模型

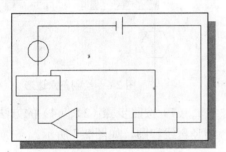
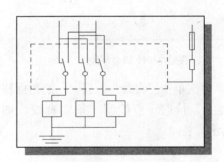

2.1　实例·模仿——绘制断路器电气图

　　这里绘制的断路器电气图是一个模拟草图，如图 2-1 所示。模拟草图的绘制，目的在于熟悉基本图形。

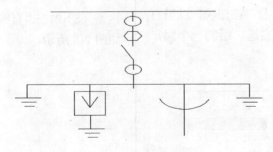

图 2-1　断路器电气图

【思路分析】

　　该模拟草图比较简单，主要由各种基本线、形组成，包括直线、圆、矩形以及正多边形。我们可以一步步完成该图，从上往下。

【光盘文件】

结果文件——参见附带光盘中的"END\Ch2\2-1.dwg"文件

动画演示——参见附带光盘中的"AVI\Ch2\2-1.avi"文件

【操作步骤】

（1）双击桌面上的快捷方式图标，启动 AutoCAD 2010。

（2）单击"直线"按钮，指定第一点，然后沿水平方向输入线段长度并按 Enter 键，即可绘制一条水平线（记住创建线段之后按 Esc 键中断操作），如图 2-2 所示。

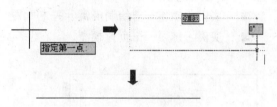

图 2-2　绘制水平线

（3）再次单击"直线"按钮，把光标移到水平线上，拾取一点绘制一条竖直线，如图 2-3 所示。

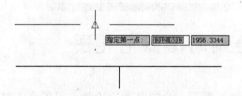

图 2-3　绘制竖直线

（4）单击"圆心、半径"按钮，以竖直线段的末端为圆心、半径自选，绘制一个圆，如图 2-4 所示。

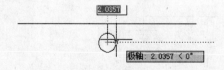

图 2-4　绘制圆

（5）再次单击"直线"按钮，以圆的底端为第一点，绘制一条竖直线，如图 2-5 所示。

（6）单击"正多边形"按钮，输入边数，

以步骤（5）所画竖直线其中一点为中心绘制一个正六边形，如图 2-6 所示。

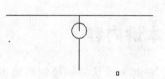

图 2-5　在圆下端绘制竖直线

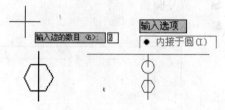

图 2-6　绘制正六边形

（7）按照步骤（2）、（4）的方法，再次绘制竖直线和圆，如图 2-7 所示。

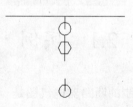

图 2-7　再次绘制竖直线和圆

（8）单击"直线"按钮，绘制一个开关，如图 2-8 所示。

图 2-8　绘制开关

（9）使用直线工具在竖直线下端绘制一条水平线和两条竖直线，如图 2-9 所示。

复制，然后粘贴到矩形下面，如图 2-13 所示。

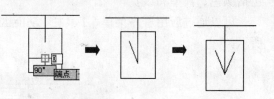

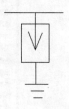

图 2-12　绘制箭头

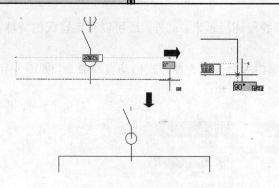

图 2-9　绘制辅助线

（10）再次使用直线工具 ╱在两端竖直线下画接地线，如图 2-10 所示。

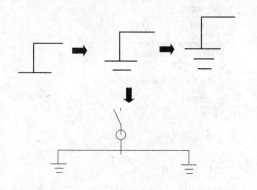

图 2-13　复制接地线

（14）单击"三点"按钮 ╱，在右端接地线附近绘制圆弧，如图 2-14 所示。

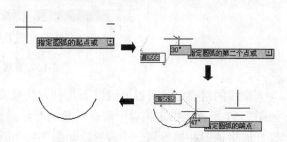

图 2-10　绘制接地线

（11）单击"矩形"按钮 ▭，在左接地线附近绘制矩形，如图 2-11 所示。

图 2-14　在右端接地线附近绘制圆弧

（15）最后绘制竖直线，结果如图 2-15 所示。

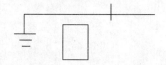

图 2-11　绘制矩形

（12）使用直线工具 ╱在矩形框内绘制箭头，如图 2-12 所示。

（13）选中接地线，按 Ctrl+C 键将接地线

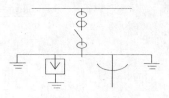

图 2-15　完成图形

2.2　直　　线

 动画演示——参见附带光盘中的"AVI\Ch2\2-2.avi"文件

使用直线命令，可以创建一系列连续的线段。每条线段都是可以单独进行编辑的直线对象，

也可以闭合一系列线段，将第一条线段和最后一条线段连接起来。此外，还可以指定直线的特性，包括颜色、线型和线宽。

可以通过应用程序菜单、工具栏、功能区、菜单栏和命令行5种方式启动直线命令，如图2-16所示。

图 2-16　直线命令的启动方法

直线的精确定位可以通过以下几种方法来实现：使用绝对坐标或相对坐标输入端点的坐标值，如图2-17所示；指定相对于现有对象的对象捕捉，如将圆心指定为直线的端点，如图2-18所示；打开栅格捕捉并捕捉到一个位置，如图2-19所示。当然，利用其他方法也可以精确创建直线。其中最快捷的方法是从现有的直线进行偏移，然后修剪或延伸到所需的长度。这里不再进行详述，具体的应用以后的扩展训练中会提及。

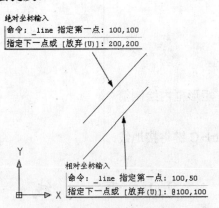

图 2-17　直线的坐标定位

在绘制两条及两条以上的连续直线时，命令行中会提示相关操作信息，具体的操作方法如图2-20所示。

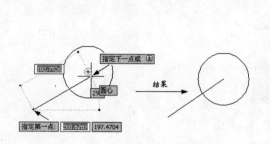
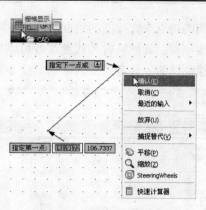

图 2-18　直线的对象捕捉定位　　　　　　　　图 2-19　直线的栅格捕捉定位

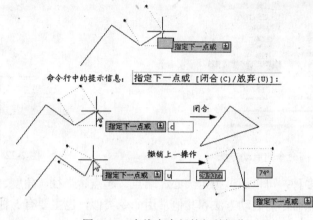

图 2-20　直线命令行的相关操作

要以最近绘制的直线的端点为起点绘制新的直线，可再次启动直线命令，然后在出现的"指定起点"提示后按 Enter 键即可。

2.3　圆及圆弧

　动画演示——参见附带光盘中的 "AVI\Ch2\2-3.avi" 文件

圆命令常用来绘制轴类、盘类、旋转类零件的端面视图，其启动方法如图 2-21 所示。
圆的常用绘制方法有以下几种。

◆　"圆心、半径"或"圆心、直径"：指定圆心，然后指定圆的半径或直径。
◆　三点：指定圆上的 3 个点。
◆　两点：指定圆上两个点，此两点连线即为圆的直径。
◆　相切-相切-半径：指定与圆相切的两个几何元素，然后指定圆的半径。

使用以上绘制方法，结合临时替代键，可以更加方便、快捷地完成图形的绘制。例如，利用功能区→"常用"选项卡→"绘图"面板→"圆"→"相切-相切-相切"方式绘制圆，其实就是使用三点方式绘制圆，指定 3 个点时使用临时替代键_tan 命令指定与图元相切，即可通过指定 3

个相切的切点来完成圆的绘制。同样，我们可以结合使用_tan 命令和两点方式通过"相切-相切"方式绘制圆。其他临时替代键读者可以自己尝试组合使用。

绘制圆的各种方式及其区别如图 2-22 所示。

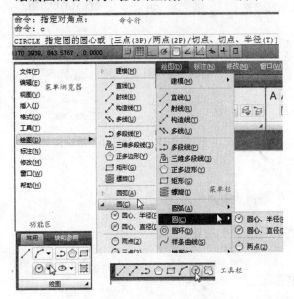

图 2-21　圆命令的启动方法

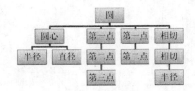

图 2-22　绘制圆的方式

创建圆弧的方法有多种，可以通过指定圆心、端点、起点、半径、角度、弦长和方向的各种组合形式来进行绘制。圆弧命令的启动方法和其他常用命令类似，也主要有 5 种启动方式，如图 2-23 所示。

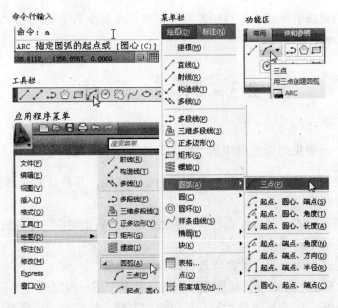

图 2-23　圆弧的启动方法

圆弧的创建比较灵活，其具体的创建方法如图 2-24 和图 2-25 所示。

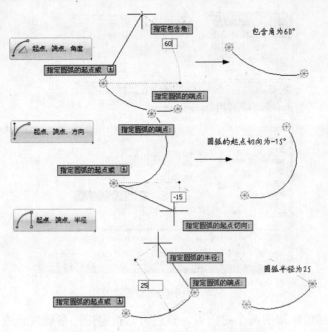

图 2-24　以"起点、端点"方式创建圆弧

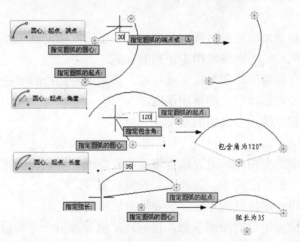

图 2-25　以"圆心、起点"方式创建圆弧

完成圆弧的创建后，选择绘制圆弧功能中的"连续"选项可以立即绘制一段与该圆弧相切的圆弧。其具体的创建方法这里不再赘述。

2.4　矩　　形

 动画演示 ——参见附带光盘中的"AVI\Ch2\2-4.avi"文件

矩形命令常用来绘制平板类、箱体类零件的视图。启动矩形命令的方法如图 2-26 所示。

图 2-26 矩形命令的启动方法

绘制矩形时需要指定矩形的两个对角点，然后可以指定矩形参数（长度、宽度、旋转角度）并控制角的类型（圆角、倒角或直角）。

（1）控制参数

◆ 倒角：绘制带有倒角的矩形时指定此参数，需要依次指定倒角两条边的倒角距离。

◆ 标高：在三维空间绘制矩形时指定矩形的标高。

◆ 圆角：绘制带有圆角的矩形时指定此参数，需要指定圆角的半径。

◆ 厚度：绘制三维矩形时指定矩形的厚度。

◆ 宽度：指定绘制矩形的多段线的宽度。

（2）形状参数

◆ 面积：指定矩形的面积，并通过指定矩形的长度或宽度来控制矩形的形状。

◆ 尺寸：指定矩形的标注尺寸，需要指定长度或宽度。

◆ 旋转：绘制旋转一定角度的矩形，需要指定旋转的角度。

绘制矩形时，首先指定矩形的控制参数，接着指定矩形的第一个角点，然后指定矩形的形状参数，最后指定矩形的另一个角点，即可完成矩形的绘制，如图 2-27 所示。控制参数和形状参数不是必须指定的，不指定参数时将使用上次绘制矩形时的参数作为默认值。

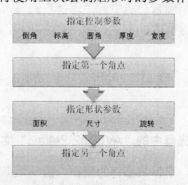

图 2-27 矩形绘制步骤

2.5 正多边形

 ——参见附带光盘中的"AVI\Ch2\2-5.avi"文件

使用正多边形命令可以绘制 3～1024 条边的等边长闭合多边形。绘制正多边形的方法如图 2-28 所示。

图 2-28　正多边形命令的启动方法

绘制正多边形时，首先指定多边形的边数，接着指定与多边形相切或相接的圆的半径，即可完成正多边形的绘制；也可以通过指定正多边形的一条边完成正多边形的绘制，如图 2-29 所示。

通过中心-半径方式绘制正多边形时分为内接于圆或外切于圆。3 种不同绘制方式的区别如图 2-30 所示。

图 2-29　绘制正多边形的步骤

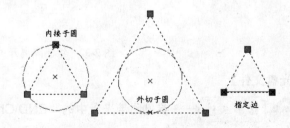

图 2-30　绘制正多边形的不同方法对比

2.6 实例·操作——绘制隔离开关电气图

隔离开关电气图是一种比较常见的图形，其简单轮廓如图 2-31 所示。

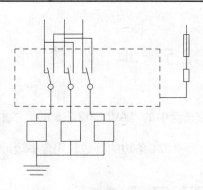

图 2-31　隔离开关电气图

【思路分析】

　　该电气图主要由圆、矩形、正多边形、直线和"虚线框"图层组成，其中"虚线框"图层的设置和圆的绘制以及准备拾取点是其绘制的关键。具体绘制时，可以将其分为虚线框的右、下、上 3 部分来完成，如图 2-32 所示。在该图形的绘制过程中，可以充分利用界面下方的"对象捕捉"功能，从而给绘图带来更多便利。

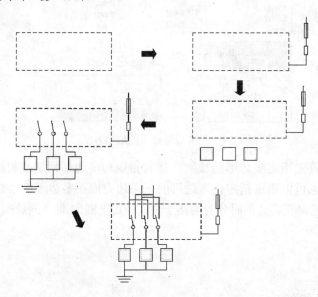

图 2-32　绘制隔离开关电气图的流程

【光盘文件】

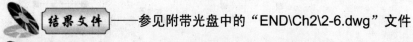

　　结果文件——参见附带光盘中的"END\Ch2\2-6.dwg"文件

　　动画演示——参见附带光盘中的"AVI\Ch2\2-6.avi"文件

【操作步骤】

　　（1）单击"图层特性"按钮，在弹出的图层特性管理器中单击"新建"按钮，新建图层"虚线框"，如图 2-33 所示。

图 2-33　新建图层

视频教学

（2）单击"虚线框"图层的线型 Contin…，加载虚线线型，如图2-34所示。

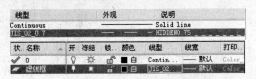

图2-34 选择虚线线型

（3）选中"虚线框"图层，单击"置为当前"按钮 ✔，使其成为当前工作图层，如图2-35所示。

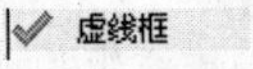

图2-35 状态显示

（4）利用矩形工具 ▢ 绘制一个矩形，如图2-36所示。

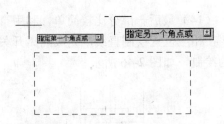

图2-36 在"虚线框"图层中绘制矩形

（5）再次单击"图层特性"按钮 ▦，在弹出的图层特性管理器中选中图层 0，单击"置为当前"按钮 ✔，使这个实线层成为当前工作图层，如图2-37所示。

✔ 0

图2-37 切换至实线层（图层0）

（6）利用直线工具 ✎ 拾取矩形边上的点，绘制虚线框右侧部分，结果如图2-38所示。

图2-38 绘制右侧初步直线

（7）利用矩形工具 ▢ 绘制两个矩形，如图2-39所示。

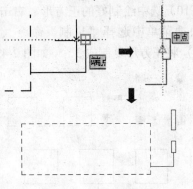

图2-39 绘制两个矩形

（8）利用直线工具 ✎ 以矩形的中点为拾取点，绘制一条直线穿过上方的矩形，如图2-40所示。

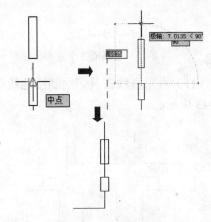

图2-40 穿插直线

（9）单击"正多边形"按钮 ⬠，在虚线框下方绘制正方形，如图2-41所示。

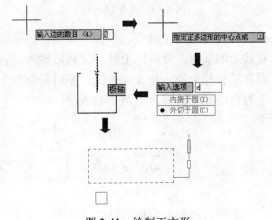

图2-41 绘制正方形

（10）选中绘制好的正方形，右击，在弹出的快捷菜单中选择"复制"命令（快捷键 Ctrl+C），将正方形复制成 3 个，如图 2-42 所示。

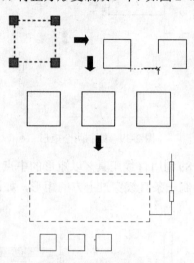

图 2-42　复制成 3 个正方形

（11）利用直线工具 ╱ 绘制接地线等，如图 2-43 所示。

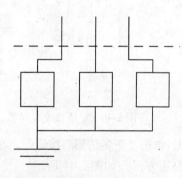

图 2-43　绘制接地线

（12）单击"圆心、半径"按钮 ⊙，拾取直线上的端点，鼠标向上移动，然后输入适当距离和相等半径，按 Enter 键，便可绘制出一个与直线相交的圆，如图 2-44 所示。

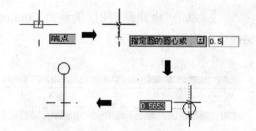

图 2-44　绘制与直线相交的圆

（13）按照步骤（12）的方法在不同的直线端各绘制一个圆，如图 2-45 所示。

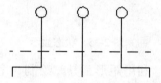

图 2-45　重复绘制圆

（14）最后一部分比较简单，利用直线工具 ╱ 在相应位置绘制直线，完成隔离开关电气图的绘制，如图 2-46 所示。

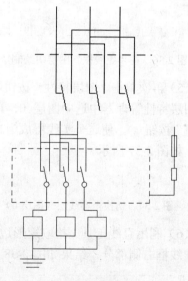

图 2-46　完成图形

2.7　实例·练习——绘制负荷模型

下面绘制一个负荷模型的简化图，具体形状如图 2-47 所示。

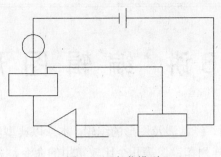

图 2-47　负荷模型

【思路分析】

　　本实例要绘制的是一个负荷模型的简化图形，其设计思路比较多，可以使用圆和直线命令直接绘制。通过本例，可以练习矩形、圆和正多边形命令的使用。绘制此图形时，首先使用矩形工具绘制两个矩形；接着使用圆工具绘制一个圆；然后用正多边形工具绘制正三角形，最后使用直线工具把各负载连接起来。

【光盘文件】

　—参见附带光盘中的"END\Ch2\2-7.dwg"文件

　—参见附带光盘中的"AVI\Ch2\2-7.avi"文件

【操作步骤】

　　(1) 利用矩形工具□，在不同位置绘制两个矩形，如图 2-48 所示。

图 2-48　绘制两个矩形

　　(2) 单击"圆心、半径"按钮，在左边矩形上端绘制一个圆，如图 2-49 所示。

图 2-49　绘制圆

　　(3) 利用正多边形工具⬠在两矩形之间绘制一个正三角形，如图 2-50 所示。

图 2-50　绘制正三角形

　　(4) 利用直线工具╱将部件连接起来，如图 2-51 所示。

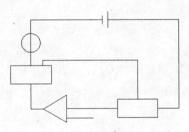

图 2-51　利用直线进行连接

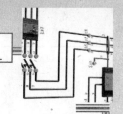

第 3 讲 编 辑 图 形

在 AutoCAD 中进行操作时，经常涉及图形的编辑。本章以典型实例引出编辑图形命令，然后重点介绍复制、旋转、缩放、阵列和镜像等几个比较常用的命令，并结合具体实例进一步说明这些常用编辑命令的使用方法和技巧。

 本讲内容

- ➤ 实例·模仿——绘制电流互感器电气图
- ➤ 复制
- ➤ 旋转
- ➤ 缩放
- ➤ 阵列

- ➤ 镜像
- ➤ 实例·操作——绘制变压器电气图
- ➤ 实例·练习——绘制电压互感器电气图

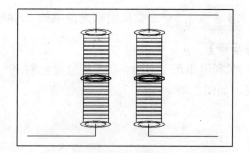

3.1 实例·模仿——绘制电流互感器电气图

下面绘制电流互感器电气图，如图 3-1 所示。

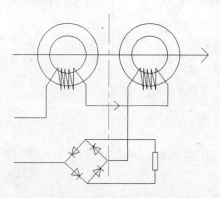

图 3-1　电流互感器电气图

视频教学

【思路分析】

如图 3-1 所示，电流互感器电气图由圆铁心（两个）、正多边形的整流器、矩形电阻和导线组合而成。对于圆铁心，只需绘制出一个，然后使用镜像命令复制出另一个即可；而对于正多边形的整流器，可以考虑使用阵列命令来完成。电流互感器电气图的绘制流程如图 3-2 所示。

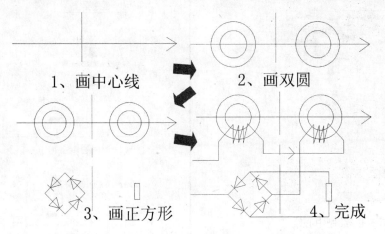

图 3-2　绘制电流互感器电气图的流程

【光盘文件】

——参见附带光盘中的 "END\Ch3\3-1.dwg" 文件

动画演示——参见附带光盘中的 "AVI\Ch3\3-1.avi" 文件

【操作步骤】

（1）在图层特性管理器中单击"线型"列下的 ———ByLayer，在弹出的下拉列表框选择"其他"选项，打开"线型管理器"对话框。在该对话框中单击 加载(L) 按钮，打开"加载或重载线型"对话框。在"可用线型"列表框中选择 CENTER（中心线）选项，然后依次单击 确定 按钮，即可加载线型 CENTER（中心线），如图 3-3 所示。

（2）在"线型"列下的 ———ByLayer 下拉列表框中选择刚刚加载的线型 CENTER（中心线），在"对象颜色"下拉列表框 ⊖ ■ByLayer 中选择红色，再使用直线工具 ╱ 绘制一条竖直直线作为中线，如图 3-4 所示。

（3）按照步骤（2）的方法，将线型改为 ———ByLayer，对象颜色改为黑色，然后使用直线工具 ╱ 在中心线上方绘制一条水平直线和一个

小箭头，如图 3-5 所示。

图 3-3　加载 CENTER（中心线）

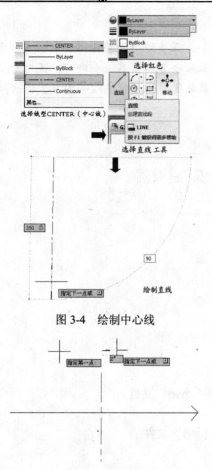

图 3-4　绘制中心线

图 3-5　绘制直线和小箭头

（4）单击"圆心、半径"按钮，在水平直线上绘制一个中等大小的圆，如图 3-6 所示。

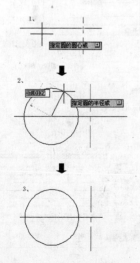

图 3-6　在水平线上绘制圆

（5）利用"缩放"命令，对圆进行缩放、复制，比例系数设定为 0.6，如图 3-7 所示。

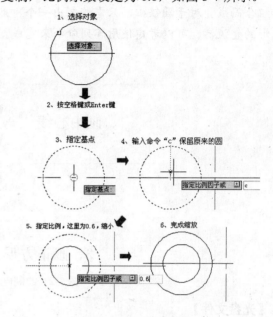

图 3-7　0.6 比例缩放圆

（6）利用镜像工具将大小不一的两个圆镜像到中心线的右边，如图 3-8 所示。

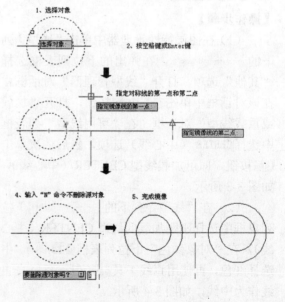

图 3-8　利用镜像工具快速绘制圆

（7）选择矩形工具，按照第 2 讲所讲方法绘制一个矩形的电阻，如图 3-9 所示。

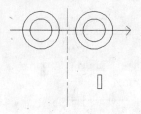

图 3-9　绘制矩形电阻

（8）使用正多边形工具⬠绘制一个水平放置的正方形，如图 3-10 所示。

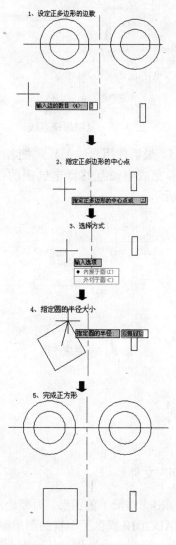

图 3-10　绘制正方形

（9）使用直线工具╱在正方形各边绘制交线，如图 3-11 所示。

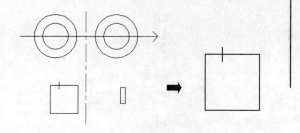

图 3-11　绘制相交直线

（10）使用正多边形工具⬠，按照步骤（8）的方法在相交直线旁绘制正三角形，如图 3-12 所示。

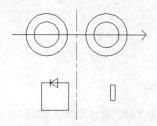

图 3-12　绘制正三角形

（11）单击"阵列"按钮▦，在弹出的"阵列"对话框中选中"环形阵列"单选按钮，在正方形各边上都绘制出正三角形+直线，如图 3-13 所示。

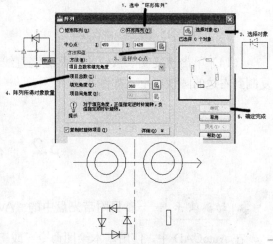

图 3-13　在正方形上进行环形阵列

（12）利用旋转工具◯将正方形上的所有对象旋转 45°，如图 3-14 所示。

（13）使用直线工具╱，在圆铁心上绘制缠绕直线，结果如图 3-15 所示。

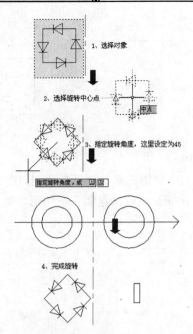

1、选择对象

2、选择旋转中心点

3、指定旋转角度，这里设定为45

4、完成旋转

图 3-14　旋转正四边形所有对象

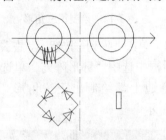

图 3-15　绘制缠绕直线

（14）单击"复制"按钮，将缠绕直线复制到右边的圆铁心上，如图 3-16 所示。

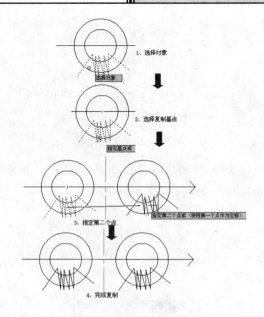

1、选择对象

2、选择复制基点

3、指定第二个点

4、完成复制

图 3-16　复制缠绕直线

（15）最后使用直线工具，把各个部件连接起来，完成电流互感器电气图的绘制，如图 3-17 所示。

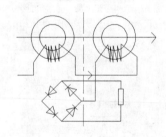

图 3-17　完成作图

3.2　复　　制

动画演示——参见附带光盘中的"AVI\Ch3\3-2.avi"文件

　　在 AutoCAD 中，使用基本绘图命令（或工具）只能绘制出一些简单的图形，而要绘制复杂的图形，就要借助于"修改"菜单中的图形编辑命令。AutoCAD 2010 提供了丰富的图形编辑工具，可以帮助用户合理地构造和组织图形，以保证绘制的准确性，简化绘图操作，从而极大地提高了绘图效率。

　　本节将依次介绍复制、旋转、缩放、阵列和镜像等常用编辑图形命令，下面先介绍复制命令。利用复制命令，可以将对象复制到指定方向的指定距离上，从而创建多个相同的对象。

可以通过菜单栏、功能区、命令行等多种方式启动复制命令，如图3-18所示。

图 3-18　复制命令的启动方法

　　在 AutoCAD 2010 中，复制的对象可以是直线、圆、矩形、正多边形和图形的部分乃至全部，只要可以被选择的对象都可以进行复制。从中可以看出，复制命令给用户提供了极大的帮助，可以使绘图效率更上一层楼。

　　通过使用复制命令，可以得到如图3-19所示的效果。

　　首先通过"圆心、半径"命令 ⊘ 绘制图3-19中左边的小圆，然后通过"复制"命令，指定基点（可以选择圆心），再指定另一点，即可复制出一个圆。重复上述步骤，即可绘制出多个圆。

　　复制命令具体的操作方法如图3-20所示。

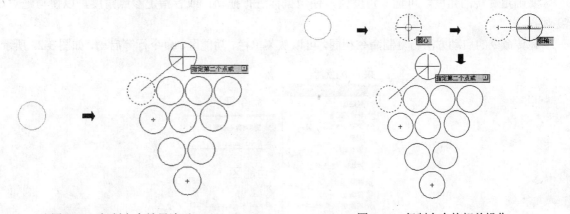

图 3-19　复制命令效果演示（1）　　　　　图 3-20　复制命令的相关操作

　　发出复制命令后，系统会要求选择对象。这时，可以通过框选、点选选择要复制的对象，再按 Enter 键或者空格键确定；也可以直接单击鼠标右键，选择图中所有对象为复制对象。选择对象后，系统会要求指定基点（即指定复制对象的移动中心）。基点确定后，再指定要移动到的目标点，即可复制出所选对象。

　　在使用复制命令时会提示一些参数选项，下面一一介绍。

◆　位移(D)：指定复制对象的相对位移，相对位移的起点在坐标原点。

视频教学

◆ 模式(O)：选择对象复制的数量，分为单个和多个。单个即只复制一个对象；多个即连续复制，直到用户按 Esc 键。

下面在图 3-21 中再展示一下选择多个对象的复制步骤。与图 3-19 中复制圆的操作过程相同，在此不再赘述其详细过程。复制其他对象亦是同样操作。

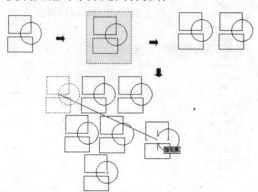

图 3-21 复制命令效果演示（2）

3.3 旋 转

 动画演示——参见附带光盘中的"AVI\Ch3\3-3.avi"文件

使用旋转命令，可以绕指定基点旋转图形中的对象。

要确定旋转的角度，可输入角度值，使用鼠标进行拖动；或者指定参照角度，以便与绝对角度对齐。

旋转命令的启动方法与复制命令相同，可以从菜单栏、功能区、命令行等启动，如图 3-22 所示。

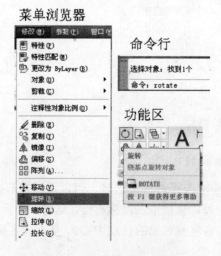

图 3-22 旋转命令的启动方法

旋转命令效果如图 3-23 所示。

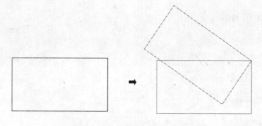

图 3-23　旋转命令效果

在发出旋转命令后，系统会提示"选择对象"。这时，可以通过鼠标框选或点选选择要旋转的对象，然后按空格键或 Enter 键；也可以单击鼠标右键，将图中所有对象全部选中。选择对象后，系统将提示"指定基点"，即指定旋转中心。指定基点后，系统提示"指定旋转角度，或[复制(C)/参照(R)]"。指定旋转角度后，即可创建一个旋转后的图形。

旋转命令的相关参数分别介绍如下。

◆　复制(C)：旋转所选对象时，在保留所选对象的基础上旋转创建新的图形。

◆　参照(R)：按参照角度旋转对象，使其与绝对角度对齐。

旋转命令的相关操作如图 3-24 所示。

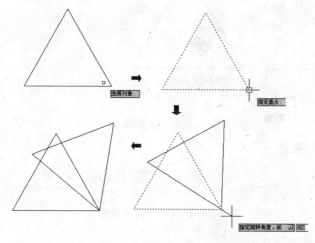

图 3-24　旋转命令相关操作

3.4　缩　放

动画演示——参见附带光盘中的"AVI\Ch3\3-4.avi"文件

使用缩放命令，可以将对象按统一比例放大或缩小。要缩放对象，应指定基点和比例因子。此外，根据当前图形单位，还可以指定要用作比例因子的长度。

缩放可以更改选定对象的所有标注尺寸。比例因子大于 1 时将放大对象，比例因子介于 0 和 1 之间时将缩小对象。

可以通过菜单栏、功能区、命令行等多种方式启动缩放命令，如图 3-25 所示。

缩放命令效果如图 3-26 所示。

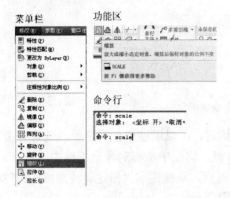

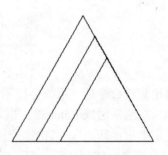

图 3-25　缩放命令的启动方法　　　　　图 3-26　缩放命令效果演示（1）

缩放命令的具体操作过程如图 3-27 所示。

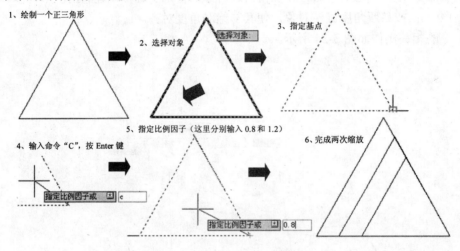

图 3-27　缩放命令的相关操作

缩放命令的相关参数分别介绍如下。

◆　复制(C)：缩放所选对象时，在保留所选对象的基础上通过缩放创建新的图形。

◆　参照(R)：使用参照进行缩放，将现有距离作为新尺寸的基础。要使用参照进行缩放，应指定当前距离和新的所需尺寸。也可以使用"参照"选项缩放整个图形。

下面在图 3-28 中再展示一下对多个对象进行缩放的效果。

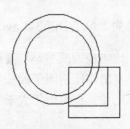

图 3-28　缩放命令效果演示（2）

3.5 阵 列

动画演示——参见附带光盘中的 "AVI\Ch3\3-5.avi" 文件

使用阵列命令，可以在矩形或环形（圆形）阵列中创建对象的副本。

对于矩形阵列，可以控制行和列的数目以及它们之间的距离。对于环形阵列，可以控制对象副本的数目并决定是否旋转副本。对于创建多个固定间距的对象，阵列比复制要快。

可以通过菜单栏、功能区、命令栏等多种方式启动阵列命令，如图 3-29 所示。

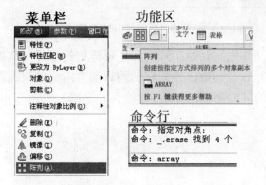

图 3-29 阵列命令的启动方法

矩形阵列效果如图 3-30 所示。

矩形阵列的具体操作过程如图 3-31 所示。

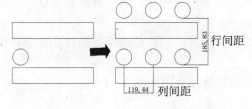

图 3-30 矩形阵列效果

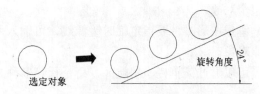

图 3-31 矩形阵列的相关操作

环形阵列效果如图 3-32 所示。

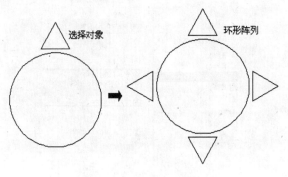

图 3-32 环形阵列效果

环形阵列命令的具体操作过程如图 3-33 所示。

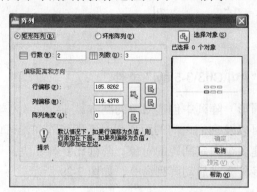

1、选对象

2.选择阵列类型（矩形或环形阵列）

3、设置行距、列距

4、预览、完成

图 3-33　环形阵列的相关操作

在"阵列"对话框中，首先面临矩形阵列和环形阵列的选择，其效果有很大区别。如果选择矩形阵列，就要设定阵列行数、列数以及偏移的距离和方向；如果选择环形阵列，就要设定中心点、方法和值。两种形式的阵列都要选择对象。

3.6　镜　　像

动画演示——参见附带光盘中的"AVI\Ch3\3-6.avi"文件。

使用镜像命令，可以绕指定轴翻转对象，创建对称的镜像图形。

镜像对创建对称的对象非常有用，因为可以快速地绘制半个对象，然后将其镜像，而不必绘制整个对象。

镜像图形时，要指定临时镜像线，可输入两点来定义。此外，还要选择是删除原对象还是保留原对象。

可以通过菜单栏、功能区、命令行等多种方式启动镜像命令，如图 3-34 所示。

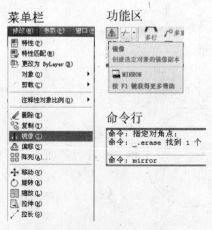

图 3-34　镜像命令的启动方法

镜像命令效果如图 3-35 所示。

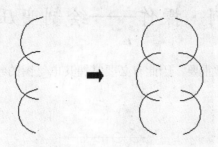

图 3-35　镜像命令效果

镜像命令的具体操作过程如图 3-36 所示。

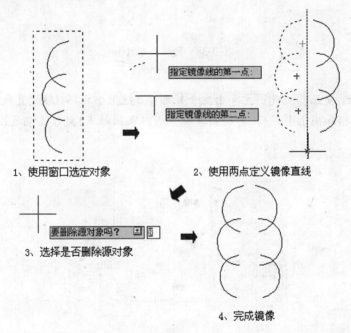

1、使用窗口选定对象
　　　指定镜像线的第一点:
　　　指定镜像线的第二点:
2、使用两点定义镜像直线

要删除源对象吗？
3、选择是否删除源对象

4、完成镜像

图 3-36　镜像的相关操作

默认情况下，镜像文字、属性和属性定义时，它们在镜像图形中不会反转或倒置。文字的对齐和对正方式在镜像对象前后相同。如果确实要反转文字，可将 MIRRTEXT 系统变量设置为 1，如图 3-37 所示。

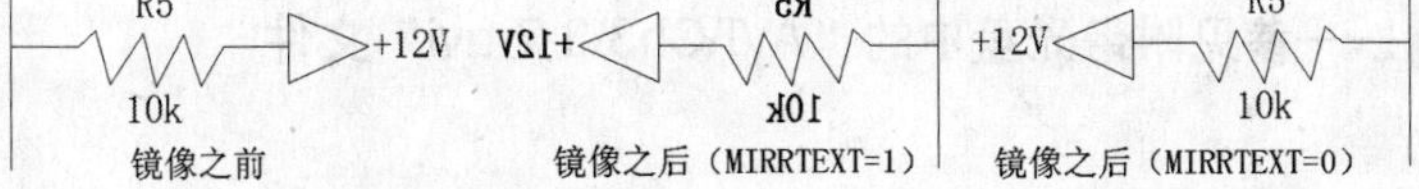

R5
10k
镜像之前

R5
10k
镜像之后（MIRRTEXT=1）

R5
10k
镜像之后（MIRRTEXT=0）

图 3-37　修改 MIRRTEXT 后的文字效果

MIRRTEXT 会影响使用 TEXT、ATTDEF 或 MTEXT 命令、属性定义和变量属性创建的文字。镜像插入块时，作为插入块一部分的文字和常量属性都将被反转，而不管 MIRRTEXT 的设置。

视频教学

3.7 实例·操作——绘制变压器电气图

变压器在电气设备中非常重要，因此有必要掌握其电气图的绘制方法。下面就来绘制变压器电气图，如图 3-38 所示。

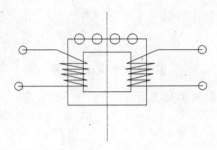

图 3-38　变压器电气图

【思路分析】

如图 3-38 所示，变压器电气图主要由主干矩形框、框上小圆环、缠绕直线和线段圆触点组成。可考虑绘制好矩形框和框上小圆后，再绘制缠绕直线以及圆触点。变压器电气图绘制过程如图 3-39 所示。

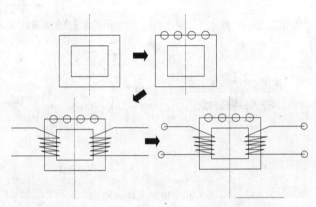

图 3-39　绘制变压器电气图的流程

【光盘文件】

结果文件——参见附带光盘中的 "END\Ch3\3-7.dwg" 文件

动画演示——参见附带光盘中的 "AVI\Ch3\3-7.avi" 文件

【操作步骤】

（1）选择——·—— CENTER（中心线）线型（如"线型"下拉列表框中无"中心线"则需先加载，加载过程见实例·模仿——绘制电流互感器电气图操作步骤（1）），在"对象颜色"下拉列表框中选择红色。使用直线工具 ✏ 绘制一条竖直线作为整个图形的中心线，如图 3-40 所示。

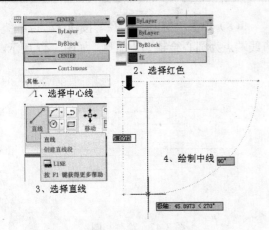

图 3-40　绘制中心线

（2）按照步骤（1）的方法将线型改为 ———— ByLayer，对象颜色改为黑色。利用矩形工具 □ 绘制一个矩形，并使用移动工具 ✛ 将矩形移动到以中心线为轴左右对称，如图 3-41 所示。

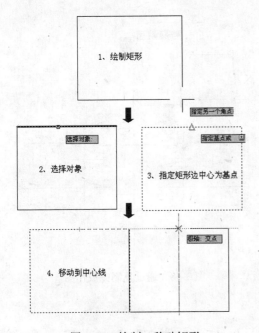

图 3-41　绘制、移动矩形

（3）利用"缩放"命令 □，将矩形缩小为原来的 0.6 倍，并保存源对象，如图 3-42 所示。

（4）单击"圆心、半径"按钮 ⊙，在矩形边框上绘制一个圆，如图 3-43 所示。

（5）使用阵列工具 ▦ 对圆进行矩形阵列，绘制出 4 个在同一边上的圆，如图 3-44 所示。

图 3-42　缩放矩形

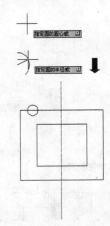

图 3-43　在矩形边框上绘制圆

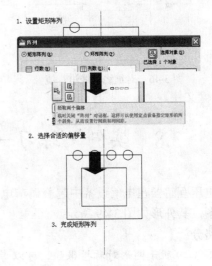

图 3-44　对圆进行矩形阵列

（6）使用直线工具 ✐ 绘制缠绕直线，如图 3-45 所示。

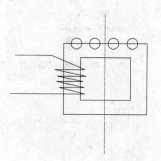

图 3-45　绘制缠绕直线

（7）利用镜像工具 ⚡ 将缠绕直线以中心线为对称线镜像复制到矩形右侧，如图 3-46 所示。

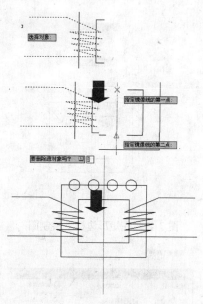

图 3-46　对缠绕直线进行镜像

（8）单击"圆心、半径"按钮 ⊙，以缠绕直线端点为圆心绘制一个小圆，如图 3-47 所示。

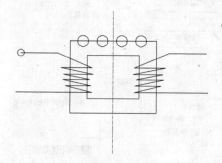

图 3-47　绘制小圆

（9）利用复制工具 ⚏ 将小圆复制到缠绕直线的每个端点，完成全部作图，如图 3-48 所示。

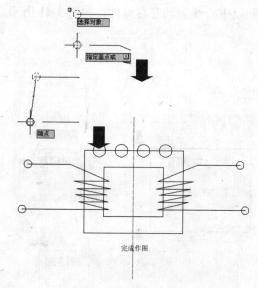

图 3-48　通过复制完成作图

3.8　实例·练习——绘制电压互感器电气图

电压互感器在电气设备中起着调节电压的作用，不可小觑。下面练习绘制简略的电压互感器电气图，其外形如图 3-49 所示。

【思路分析】

图 3-49 所示图形对称性很强，可以考虑使用阵列、复制、镜像和缩放等工具来完成。下面给出简要作图过程，如图 3-50 所示。

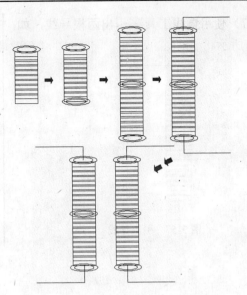

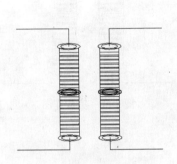

图 3-49　电压互感器电气图　　　图 3-50　绘制电压互感器电气图的流程

【光盘文件】

 结果文件 ——参见附带光盘中的"END\Ch3\3-8.dwg"文件

 动画演示 ——参见附带光盘中的"AVI\Ch3\3-8.avi"文件

【操作步骤】

（1）利用椭圆工具 绘制一个椭圆，如图 3-51 所示。

（2）利用"缩放"命令 将椭圆缩小，并保留源对象，如图 3-52 所示。

图 3-51　绘制椭圆　　　图 3-52　缩放椭圆

（3）利用矩形工具 在双椭圆下方绘制一个适当大小的矩形，如图 3-53 所示。

图 3-53　绘制矩形

（4）使用阵列工具 将矩形进行矩形阵列，取列数 10、行数 1，并设置适当的行偏移、列偏移，结果如图 3-54 所示。

（5）利用复制工具 将双椭圆复制到矩形下方与之相交，如图 3-55 所示。

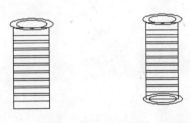

图 3-54　矩形阵列　　　图 3-55　复制双椭圆

（6）利用镜像工具 ，以横穿下方双椭圆的中心线为对称线，对已画对象作镜像处理，如图 3-56 所示。

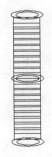

图 3-56　对已有对象进行镜像处理

视频教学

（7）使用直线工具　引出两根导线，如图 3-57 所示。

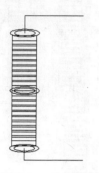

图 3-57　引出导线

（8）再次利用镜像工具△将上面已有对象进行镜像，完成作图，如图 3-58 所示。

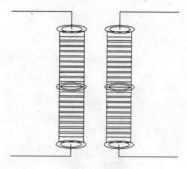

图 3-58　完成作图

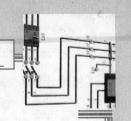

第4讲 修剪图形

修剪图形是 AutoCAD 常用的命令，本章以典型实例引出修剪图形命令，接着重点介绍修剪、延伸、倒圆角和圆角这 4 个二维基本图形的修剪命令，并结合具体实例进一步说明这些常用命令的使用方法和技巧。

 本讲内容

➥ 实例·模仿——绘制避雷器装置图   ➥ 倒角
➥ 修剪   ➥ 实例·操作——隔离开关装置图
➥ 延伸   ➥ 实例·练习——断路器装置图
➥ 倒圆角

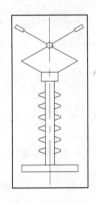 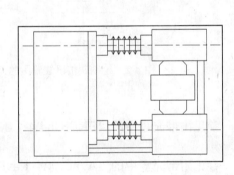

4.1 实例·模仿——绘制避雷器装置图

下面绘制避雷器装置图（外形简图），如图 4-1 所示。

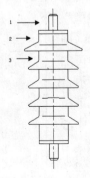

图 4-1 避雷器装置图

【思路分析】

如图 4-1 所示，该避雷器外形图主要由 1、2、3 等 3 部分组成。1 为一个有倒角的矩形；2 为避雷器的肩部，可以通过先画好线段，再倒圆角得到；3 操作类似，只不过多了一步——使用阵列命令得到一系列。2 和 3 可以先画好左半部分，再通过镜像得到右半部分。而底部的矩形也可以通过镜像得到，最后移动到合适位置即可。该避雷器装置图的绘制流程如图 4-2 所示。

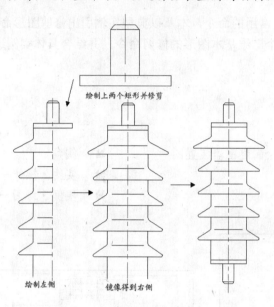

绘制上两个矩形并修剪

绘制左侧　　　　　镜像得到右侧

图 4-2　绘制避雷器装置图的流程

【光盘文件】

结果文件——参见附带光盘中的 "END\Ch4\4-1.dwg" 文件

动画演示——参见附带光盘中的 "AVI\Ch4\4-1.avi" 文件

【操作步骤】

（1）在图层特性管理器中单击"线型"列下的 ———ByLayer ，在弹出的下拉列表框中选择"其他"选项，打开"线型管理器"对话框。单击"加载"按钮，打开"加载或重载线型"对话框。在"可用线型"列表框中选择 CENTER（中心线）选项，然后依次单击确定按钮，即可加载 CENTER（中心型）线型，如图 4-3 所示。

（2）在"线型"列下的 ———ByLayer 下拉列表框中选择刚刚加载的线型 CENTER（中心线），在"对象颜色"下拉列表框 ■ByLayer 中选择红色，再使用直线工具绘制一条长 350毫米的直线作为中心线，如图 4-4 所示。

图 4-3　加载 CENTER（中心线）线型

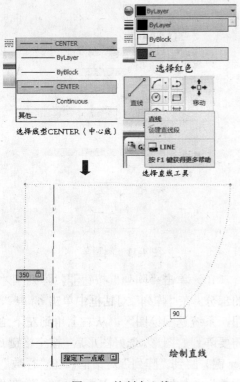

图 4-4 绘制中心线

（3）按照步骤（2）的方法，将线型改为
———ByLayer，对象颜色改为黑色，然后使用矩形工
具□绘制一个长 20 毫米、宽 35 毫米的矩形，
如图 4-5 所示。

图 4-5 绘制矩形

（4）使用移动工具✛将矩形一条边的中
点移动到中心线，使得矩形以中心线为轴左右
对称，如图 4-6 所示。

（5）对矩形进行两次倒角操作◢，修剪矩
形的两个顶角，其中倒角距离 1=3.0000，距离
2=3.0000；再绘制直线连接倒角矩形上的两个
点，如图 4-7 所示。

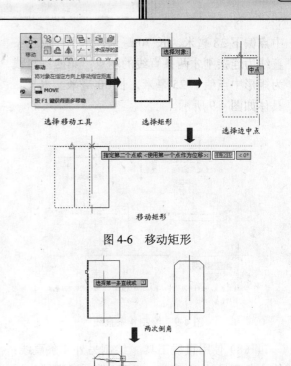

图 4-6 移动矩形

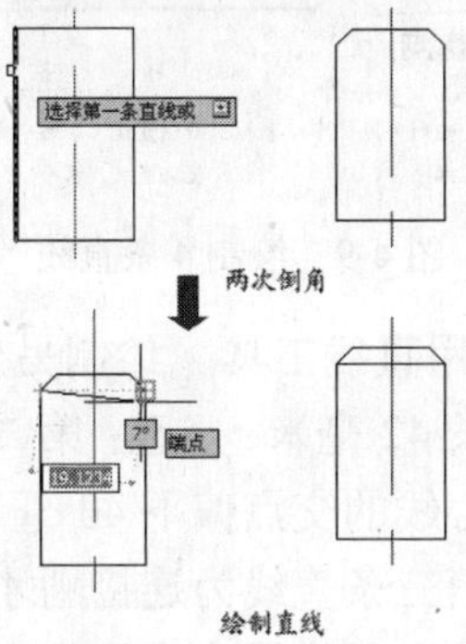

图 4-7 倒角、绘制直线

（6）利用矩形工具□绘制一个长 64 毫
米、宽 7 毫米的矩形，按照步骤（4）的方法将
矩形移动到中心线上，如图 4-8 所示。

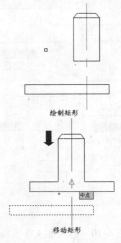

图 4-8 绘制、移动矩形

（7）使用直线工具╱绘制 4 条直线：第
一条直线长 18 毫米、竖直；第二条直线为矩形

中点偏下 38 毫米，长 70 毫米，水平；第三条直线为连接刚才两条直线的端点；第四条直线为矩形中点偏下 25 毫米，长 30 毫米，水平。具体如图 4-9 所示。

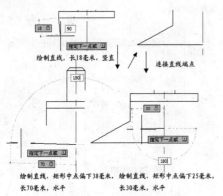

图 4-9　绘制 4 条直线

（8）使用直线工具 ✏️ 绘制另外 4 条直线：第一条直线长 42 毫米、竖直；第二条直线为原先直线与中心线的交点偏下 40 毫米，长 60 毫米，水平；第三条直线为连接刚才两条直线的端点；第四条直线为原先直线与中心线的交点偏下 22 毫米，长 25 毫米，水平。最后使用修剪工具 ✂️ 去除多余的线段。具体如图 4-10 所示。

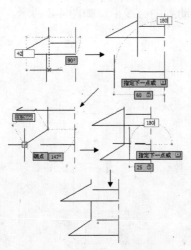

图 4-10　再绘制 4 条直线

（9）单击"圆角"按钮 📐，对刚才绘制的直线进行倒圆角操作。其中内侧的圆角半径为 5 毫米，外侧的圆角半径为 2 毫米，如图 4-11 所示。

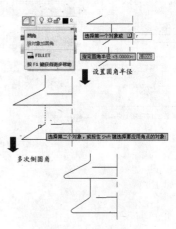

图 4-11　倒圆角

（10）单击"阵列"按钮 ⊞，阵列刚才绘制的部分。在"阵列"对话框中单击 🔲 选择对象(S) 按钮，系统返回绘图区，从右上角到左下角框选需要阵列的图形。选好图形后，按空格键（或 Enter 键）回到"阵列"对话框。在"行数"和"列数"文本框中分别输入"4"和"1"，在"行偏移"文本框中输入"-40"；因为只有一列，故列偏移可不设（当然这里也可以拾取行偏移）。单击 预览(V) < 按钮，回到绘图区，观察阵列的效果，如无问题则单击鼠标右键确定阵列，否则可按 Esc 键在"阵列"对话框中进一步调整，然后单击 确定 按钮接受阵列。具体操作过程如图 4-12 所示。

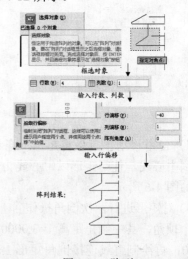

图 4-12　阵列

（11）单击"直线"按钮 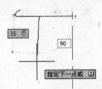，绘制竖直直线。该直线一端为中心线偏左 32 毫米，长度为 35 毫米，竖直，如图 4-13 所示。

图 4-13　绘制竖直直线

（12）选择镜像工具 ⚟，将避雷器的左侧镜像到右侧。在提示"指定镜像线的第一点："、"指定镜像线的第二点："时，都应选择中心线上的点。在提示"要删除源对象吗？[是(Y)/否(N)] <N>："时选择 N，即不删除源对象。具体操作过程如图 4-14 所示。

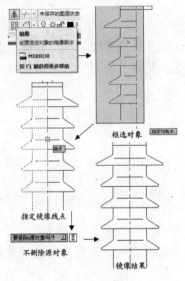

图 4-14　镜像

（13）再次选择镜像工具 ⚟，将最初绘制的两个矩形镜像到底部。在提示"指定镜像线的第一点："、"指定镜像线的第二点："时，都应选择水平线上的点。同样，不能删除源对象。最后使用移动工具 ✛ 将镜像得到的两个矩形移动到合适位置，如图 4-15 所示。

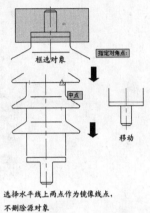

图 4-15　绘制避雷器底部

（14）至此，一个避雷器装置图就绘制完成了，如图 4-16 所示。

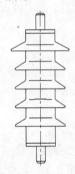

图 4-16　避雷器装置图完成后的效果

4.2　修　　剪

动画演示——参见附带光盘中的"AVI\Ch4\4-2.avi"文件

AutoCAD 只提供了线段、直线、圆和矩形等一些基本图形，这些基本图形往往无法满足要求。要绘制出符合要求的图形，就要在基本图形的基础上加以修剪。常用的修剪图形命令有修剪、延伸、倒圆角和圆角等。灵活利用这些修剪图形命令，就能随心所欲地绘制图形。

视频教学

本讲将会依次介绍这 4 个命令，下面首先介绍修剪命令。

所谓修剪，就是指修剪对象以适应其他对象的边。通过使用修剪命令，用户可以删除多余的线段、圆弧等对象（或多个对象）。

可以通过菜单栏、功能区、命令行等多种方式启动修剪命令，如图 4-17 所示。

图 4-17　修剪命令的启动方法

在 AutoCAD 2010 中，可以作为剪切边的对象有直线、圆弧或椭圆弧、圆或椭圆、多段线和射线等。剪切边也可以同时作为被剪边。在默认状态下，选择要修剪的对象后，系统将会以剪切边为界，将被剪切对象上位于拾取点一侧的部分剪切掉。

通过使用修剪命令，可以得到如图 4-18 所示的效果。

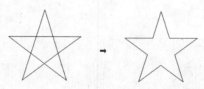

图 4-18　修剪命令效果演示（1）

先通过直线命令绘制图 4-18 中左边的五角星，然后通过修剪命令，除去五角星内部多余的线段，就可以得到图 4-18 中右边的五角星。

修剪命令的具体操作方法如图 4-19 所示。

图 4-19　修剪命令的相关操作

视频教学

发出修剪命令后，系统会要求选择剪切边。这时，可以通过框选、点选选择剪切边，再按 Enter 键或空格键确定；也可以直接单击鼠标右键，选择图中所有对象为剪切边。然后，用鼠标左键单击选择要除去的线段，可以多次单击以除去多条线段。最后，单击鼠标右键或者按 Enter 键（或空格键）确定修剪即可。

在使用修剪命令时会提示一些参数选项，下面一一介绍。

◆ 栏选(F)：选择与栅栏线相交的所有对象，需要指定栏选点。

◆ 窗交(C)：选择矩形区域内部或与之相交的对象。某些要修剪的对象的交叉选择不确定，这时系统将会沿着矩形交叉窗口从第一个点以顺时针方向选择遇到的第一个对象。

◆ 投影(P)：可以指定执行修剪的空间。该命令主要用于三维空间中两个对象的修剪，可以先将对象投影到某一个平面上，再执行修剪命令。

◆ 边：选择该选项时，命令行显示"输入隐含边延伸模式[延伸(E)/不延伸(N)]<不延伸>："提示信息。如果选择"延伸(E)"，那么当剪切边太短而且没有与被修剪对象相交时，可以延伸修剪边，然后修剪；如果选择"不延伸(N)"，则只有当剪切边与被修剪对象真正相交时，才可以进行修剪。

◆ 删除(R)：删除选定的对象。

◆ 放弃(U)：放弃本次修剪操作。

下面在图 4-20 中再展示一下修剪圆弧的操作步骤。与图 4-19 中修剪线段的操作过程相同，在此不再赘述其详细过程。修剪其他对象亦是同样操作。

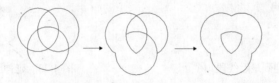

图 4-20　修剪命令效果演示（2）

4.3　延　伸

动画演示——参见附带光盘中的"AVI\Ch4\4-3.avi"文件

使用延伸命令，可以延长指定的对象与另一对象相交或外观相交。

延伸命令的使用方法和修剪命令相似，并可相互转换。使用延伸命令时，如果在按 Shift 键的同时选择对象，则执行修剪命令；使用修剪命令时，如果在按住 Shift 键的同时选择对象，则执行延伸命令。

延伸命令的启动方法与修剪命令相同，可以从菜单栏、功能区、命令行等启动，如图 4-21 所示。

通过使用延伸命令，可以将指定的线段或圆弧等延伸到距离最近的线段（含曲线等），如图 4-22 所示；或者延伸到指定线段，如图 4-23 所示。

在发出延伸命令后，系统会提示"选择对象或<全部选择>："。这时，可以通过鼠标框选或点选对象，此时选择的对象为目标线段，即延伸到的位置；也可以单击鼠标右键，将图形中的对象全部选中。选择对象后，系统将提示"选择要延伸的对象，或按住 Shift 键选择要修剪的对象，或 [栏选(F)/窗交(C)/投影(P)/边(E)/放弃(U)]："，这里的"栏选"、"窗交"等与修剪命令中的相应选项含义相同。如果在上一步中全选，选择要延伸的对象后系统将会自动延伸到最近的线段；否则将会延伸到指定线段。这也就是选择对象和全部选择的区别。

图 4-21　延伸命令的启动方法

图 4-22　延伸到最近线段　　　　　图 4-23　延伸到指定线段

使用延伸命令，通过多次延伸，也可以将在修剪命令中除去的线段再连接上，如图 4-24 所示。

图 4-24　延伸命令效果演示

4.4　倒　圆　角

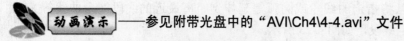

动画演示——参见附带光盘中的 "AVI\Ch4\4-4.avi" 文件

在 AutoCAD 2010 中，可以使用倒角、圆角命令修改对象，使其以平角或圆角相连接。
使用圆角命令，可以在两条直线之间按照指定的圆角半径绘制圆角。

可以通过菜单栏、功能区、命令行等多种方式启动圆角命令，如图 4-25 所示。
圆角命令效果如图 4-26 所示。

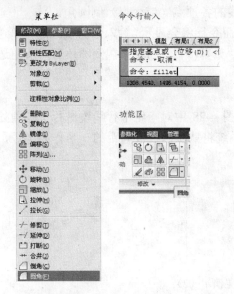

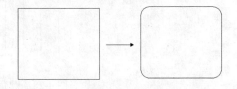

图 4-25　圆角命令的启动方法　　　　图 4-26　圆角命令效果演示（1）

先画一个矩形，然后执行 4 次圆角命令，就可以得到图 4-26 中右边的圆角矩形。具体过程如图 4-27 所示。

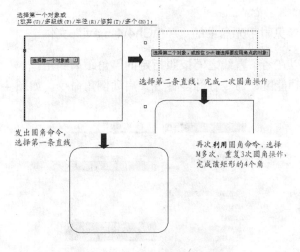

图 4-27　圆角命令的相关操作

在发出圆角命令后，系统会提示如下信息。

当前设置：模式 = 修剪，半径 = 50.0000

选择第一个对象或 [放弃(U)/多段线(P)/半径(R)/修剪(T)/多个(M)]：

其中第一行中的"半径"为上一次使用圆角命令时的值。如果这是第一次使用，则该值为 0。如果该值不是这次要求的半径，则可以输入"R"，再输入新的半径。然后依次选择需要倒圆角的两条直线，在选择第二条直线后就可以完成一次圆角操作。

在使用圆角命令时还会提示其他一些参数选项，下面一一介绍。

◆ 放弃(U)：放弃本次倒圆角操作。

◆ 多段线(P)：以当前设置的圆角半径对多段线的各顶点（或交点）倒圆角。

◆ 修剪(T)：设置倒圆角后是否保留原拐角边，命令行将会显示"输入修剪模式选项[修剪(T)/不修剪(N)<修剪>]："提示信息。如果选择"修剪(T)"，则表示在倒圆角后对圆角边进行修剪；选择"不修剪(N)"，则表示不修剪。

◆ 多个(M)：依次对多个对象进行倒圆角操作。

下面在图 4-28 中再展示一下圆角命令的效果。图 4-28 中对一组平行线段进行了圆角处理，然后删除了图形中间的两条线段。在这个过程中，系统将默认以线段间距的一半作为半径，用半圆连接线段的两个端点。

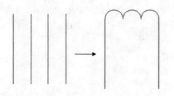

图 4-28　圆角命令效果演示（2）

4.5　倒　　　角

——参见附带光盘中的 "AVI\Ch4\4-5.avi" 文件

使用倒角命令，可以在两条直线之间按照指定的倒角距离倒角。

可以通过菜单栏、功能区、命令行等多种方式启动倒角命令，如图 4-29 所示。

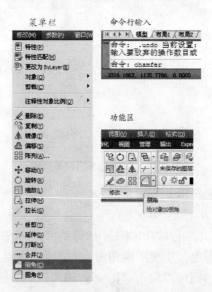

图 4-29　倒角命令的启动方法

倒角命令效果如图 4-30 所示。

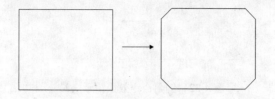

图 4-30　倒角命令效果演示（1）

先画一个矩形，然后执行 4 次倒角命令，就可以得到图 4-30 中右边的倒角矩形。具体操作过程如图 4-31 所示。

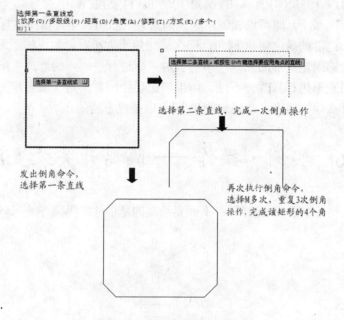

图 4-31　倒角命令的相关操作

与圆角命令相似，在发出倒角命令后，系统会提示如下信息。

当前倒角距离　1 = 25.0000，距离　2 = 25.0000

选择第一条直线或 [放弃(U)/多段线(P)/距离(D)/角度(A)/修剪(T)/方式(E)/多个(M)]：

其中"放弃"、"多段线"等与圆角命令中的相应选项含义类似，这里不再赘述。其他几个与圆角中不同的提示选项介绍如下。

◆　距离(D)：依次设置两条直线的倒角距离尺寸。

◆　角度(A)：根据第一个倒角距离和倒角角度来确定倒角尺寸。

◆　方式(E)：设置倒角的方式，在命令行中会显示"输入修剪方法 [距离(D)/角度(A)] <距离>："提示信息。其中，"距离(D)"表示将会以两条边的倒角距离来执行倒角命令；选择"角度(A)"，则表示将以一条边的距离以及相应的角度来执行倒角命令。

下面在图 4-32 中再展示一下倒角命令的效果。

视频教学

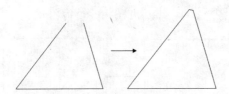

图 4-32　倒角命令效果演示（2）

　　倒角命令有一点是与圆角命令不同的：可以对平行线进行圆角（如图 4-28 所示），却不可以对平行线进行倒角；进行倒角的对象必须是可以相交的直线（如图 4-32 所示）。

　　其实，在绘制矩形时，也可以直接倒角或倒圆角。发出矩形命令后，提示如下。

　　指定第一个角点或 [倒角(C)/标高(E)/圆角(F)/厚度(T)/宽度(W)]：

　　这时，输入"C"（或 F）即可设置倒角（或圆角）的数值。不过很少这样用。

　　如果在绘制矩形之前就确定倒角/圆角，那么确定矩形大小后，生成的矩形就是有倒角（或圆角）的矩形。但是很难确定矩形的顶点，不利于对矩形进行进一步的修改。所以，一般还是选择绘制好矩形后，再对矩形进行修改。不过，如果确定要绘制有倒角（或圆角）的矩形，而且绘制好后不需要修改，那么绘制矩形之前确定倒角/圆角也是很方便的。

4.6　实例·操作——隔离开关装置图

　　隔离开关是电气设备中很常见的部件，下面要绘制的是单柱式隔离开关，其外形如图 4-33 所示。

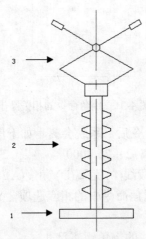

图 4-33　隔离开关装置图

【思路分析】

　　如图 4-33 所示，单柱式隔离开关主要由 1、2、3 3 部分组成。其中，1 为底座，可绘制一个矩形；2 为主体部分，先绘制中间部分，再通过倒角、阵列、镜像等工具绘制两旁的细节部分；3 为顶部，可绘制几条直线，适当修剪后即可。单柱式隔离开关装置图绘制过程如图 4-34 所示。

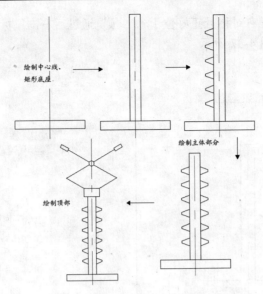

图 4-34　绘制隔离开关装置图的流程

【光盘文件】

 结果文件 ——参见附带光盘中的"END\Ch4\4-6.dwg"文件

 动画演示 ——参见附带光盘中的"AVI\Ch4\4-6.avi"文件

【操作步骤】

（1）选择 — · — CENTER （中心线）线型（如"线型"下拉列表框中无"中心线"则需先加载，加载过程见实例·模仿——绘制避雷器装置图操作步骤（1）），在"对象颜色"下拉列表框中选择红色。使用直线工具 ✐ 绘制一条长 150 毫米的竖直线作为整个图形的中心线，如图 4-35 所示。

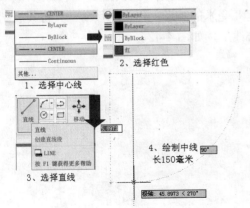

图 4-35　绘制中心线

（2）按照步骤（1）的方法，将线型改为 —— ByLayer，对象颜色改为黑色。使用矩形工具绘制一个长 50 毫米、宽 6 毫米的矩形，然后使用移动工具 ✛ 将矩形移动到以中心线为轴左右对称，如 图 4-36 所示。

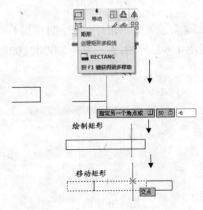

图 4-36　绘制、移动矩形

（3）再次使用矩形工具绘制一个长 8 毫米、宽 75 毫米的矩形，然后使用移动工具 ✛ 将矩形移动到以中心线为轴左右对称且正好位于刚刚绘制的矩形之上，如图 4-37 所示。

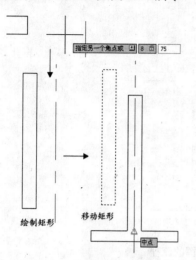

图 4-37　再次绘制、移动矩形

（4）利用直线工具绘制一个角，具体数据如图 4-38 所示。

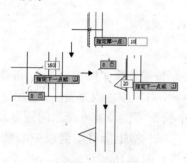

图 4-38　绘制角

（5）对刚刚绘制的角进行倒角操作，其中倒角距离 1 = 2.0000，距离 2 = 2.0000，如图 4-39 所示。

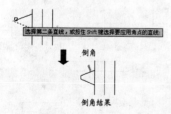

图 4-39　倒角

（6）对刚刚做完倒角的角进行阵列。在"阵列"对话框中选中"矩形阵列"单选按钮，依次设置行数为 6、列数为 1、行偏移为 10，

预览通过后右击鼠标确定即可，如图 4-40 所示。

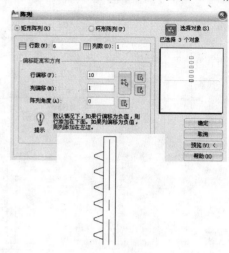

图 4-40　阵列

（7）将阵列得到的 6 个角镜像到中心线右侧，在提示"指定镜像线的第一点："、"指定镜像线的第二点："时均选择中心线上的点，且不删除源对象，如图 4-41 所示。

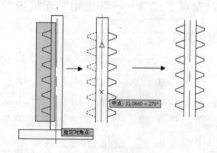

图 4-41　设置图层

（8）使用矩形工具绘制一个长 15 毫米、宽 8 毫米的矩形，再使用移动工具将其放到中心线上，如图 4-42 所示。

图 4-42　绘制、移动矩形

（9）利用直线工具绘制两条直线，各项数据如图 4-43 所示。

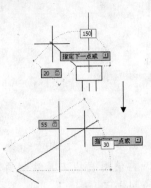

图 4-43　绘制两条直线

（10）使用矩形工具绘制一个长 3 毫米、宽 8 毫米的矩形，然后使用旋转工具将其旋转-60°，再使用移动工具将其一边的中点移动到刚刚绘制的直线端点，如图 4-44 所示。

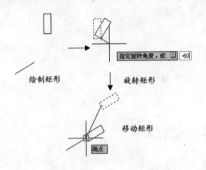

图 4-44　绘制、移动矩形

（11）使用镜像工具对刚才绘制的直线和矩形进行镜像操作，在提示"指定镜像线的第一点："、"指定镜像线的第二点："时均选择中心线上的点；同样，不删除源对象，如图 4-45 所示。

（12）使用圆工具绘制一个半径为 2.5 毫米的圆，注意选择"圆心、半径"模式，圆心为两条直线的交点。然后使用修剪工具修剪去圆内部的线段（不含中心线），如图 4-46 所示。

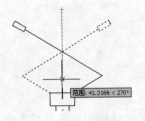

图 4-45　设置图层

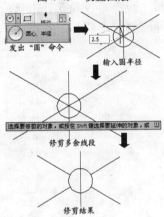

图 4-46　绘制圆、修剪

（13）至此，一个单柱式隔离开关装置图绘制完成，效果如图 4-47 所示。

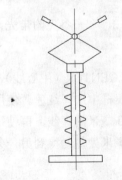

图 4-47　单柱式隔离开关装置图

4.7　实例·练习——断路器装置图

断路器是常用的开关设备，其外形如图 4-48 所示。

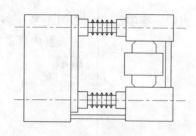

图 4-48　断路器

【思路分析】

本节只介绍绘制断路器前半部分的步骤，后半部分的步骤需要用到"图块"命令，将会在第5讲中介绍。如图 4-49 所示，先使用矩形工具绘制 4 个矩形，再使用直线工具绘制角，然后使用阵列工具和镜像工具得到一系列角，断路器的前半部分即可绘制完成。

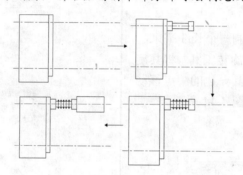

图 4-49　绘制断路器的流程（前半部分）

【光盘文件】

 结果文件——参见附带光盘中的"END\Ch4\4-7.dwg"文件

 动画演示——参见附带光盘中的"AVI\Ch4\4-7.avi"文件

【操作步骤】

（1）选择 CENTER（中心线），在"对象颜色"下拉列表框中选择红色。使用直线工具绘制一条长 360 毫米的直线，再使用复制命令在其下方 150 毫米处复制得到另一条中心线，如图 4-50 所示。

图 4-50　绘制中心线

（2）使用矩形工具绘制两个矩形，并将其

移动到合适位置，具体尺寸如图 4-51 所示。

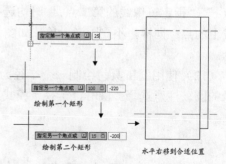

图 4-51　绘制矩形

（3）使用矩形工具绘制另外两个矩形，并将其移动到合适位置，具体尺寸如图 4-52 所示。

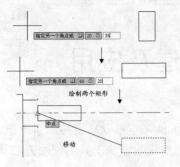

图 4-52　绘制、移动矩形

（4）将步骤（3）中的第一个矩形向右复制一个，如图 4-53 所示。

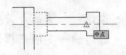

图 4-53　复制矩形

（5）在如图 4-54 所示位置绘制一条长 16 毫米的竖直线。

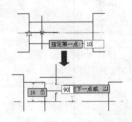

图 4-54　绘制竖直线

（6）打开"角度捕捉"开关，在"对象捕捉"中选择"最近点"，以步骤（5）中直线的一端为顶点绘制两条直线，如图 4-55 所示。

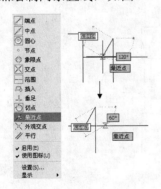

图 4-55　绘制两条直线

（7）将步骤（5）和步骤（6）中绘制的 3 条直线阵列 5 份，列偏移设置为 10 毫米，如图 4-56 所示。

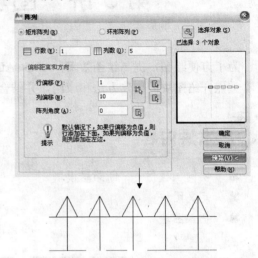

图 4-56　阵列

（8）将步骤（7）中阵列得到的图形通过镜像复制一份，如图 4-57 所示。

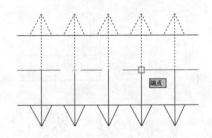

图 4-57　镜像图形

（9）使用矩形工具绘制一个长 100 毫米、宽 55 毫米的矩形，然后使用移动工具移动到合适位置。至此，断路器的前半部分绘制完成，如图 4-58 所示。

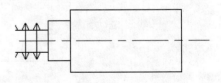

图 4-58　完成断路器前半部分的绘制

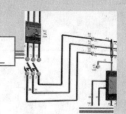
第 5 讲　图块的创建及应用

为了方便绘图，提高绘图效率，AutoCAD 提供了图块工具。本章以典型实例引出图块工具，接着重点介绍图块的创建方法和应用，并结合具体实例进一步说明图块工具的使用方法和技巧。

 本讲内容

- ➷ 实例·模仿——断路器模块
- ➷ 定义图块
- ➷ 插入图块

- ➷ 编辑图块
- ➷ 实例·操作——隔离开关模块
- ➷ 实例·练习——变压器模块

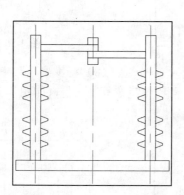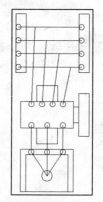

5.1　实例·模仿——断路器模块

断路器是常用的开关设备，其外形如图 5-1 所示。

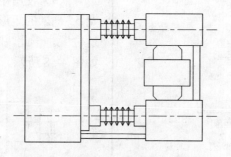

图 5-1　断路器

【思路分析】

在第 4 讲的实例·练习——断路器装置图中已经绘制了断路器的前半部分，本节将会继续绘制，完成断路器的后半部分。先将第 4 讲实例·练习——断路器装置图步骤（3）～（8）绘制的图形转换为图块，再插入图块，然后通过多次绘制、移动矩形并进行修剪，即可完成断路器装置图的绘制。断路器的后半部分绘制过程如图 5-2 所示。

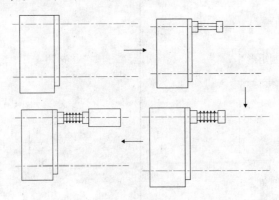

图 5-2　绘制断路器后半部分的流程

【光盘文件】

——参见附带光盘中的"END\Ch5\5-1.dwg"文件

——参见附带光盘中的"AVI\Ch5\5-1.avi"文件

【操作步骤】

（1）将第 4 讲中实例·练习——断路器装置图步骤（3）～（8）绘制的图形转换为图块，如 图 5-3 所示。

图 5-3　创建图块

（2）插入图块，插入点为矩形与第二条中心线的交点，如图 5-4 所示。

（3）在如图 5-5 所示位置绘制一个长 50 毫米、宽 95 毫米的矩形。

（4）使用倒角命令对步骤（3）中绘制的矩形进行倒角操作，其中"倒角距离 1 = 7.5000，距离 2 = 7.5000"。矩形 4 个角都需要

倒角，故在提示"选择第一条直线或 [放弃(U)/多段线(P)/距离(D)/角度(A)/修剪(T)/方式(E)/多个(M)]:"时输入"m"。倒角结果如图 5-6 所示。

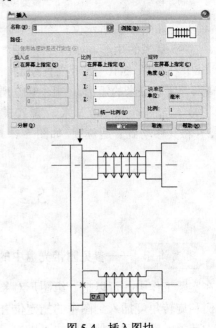

图 5-4　插入图块

图 5-5　绘制矩形

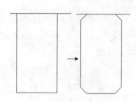

图 5-6　倒角

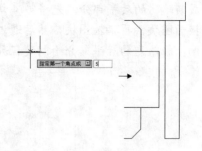

图 5-9　绘制矩形

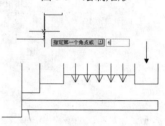

图 5-10　绘制矩形

（5）绘制一个长 80 毫米、宽 45 毫米的矩形，并将其移至与步骤（4）中的倒角矩形中心重合，如图 5-7 所示。

（6）利用修剪工具去除多余线段，如图 5-8 所示。

图 5-7　绘制、移动矩形　　图 5-8　修剪多余线段

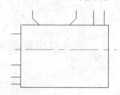

图 5-11　绘制、移动矩形

（10）至此，一个断路器装置图全部绘制完成，最终效果如图 5-12 所示。

（7）在如图 5-9 所示位置绘制一个长 12 毫米、宽 95 毫米的矩形，如图 5-9 所示。

（8）在如图 5-10 所示位置绘制一个长 115 毫米、宽 8 毫米的矩形，如图 5-10 所示。

（9）绘制一个长 100 毫米、宽 70 毫米的矩形，并将其移动到合适位置，如图 5-11 所示。

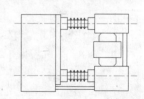

图 5-12　断路器装置图的最终效果

5.2　定义图块

动画演示——参见附带光盘中的 "AVI\Ch5\5-2.avi" 文件

在实际工作中，可以把一组图形对象组合为图块加以保存，在需要时将其作为一个整体以任意比例和旋转角度插入到图中的指定位置，这样既避免了大量的重复工作，提高了绘图效率，又能大大节省磁盘空间。使用图块可以快速绘制一些复杂图形，如机械配图、建筑平面图等，还可

以删除、替换这些图块，对修改设计而言非常方便。

可以通过菜单栏、功能区、命令行等多种方式启动块命令，如图 5-13 所示。

普通图形与图块的比较如图 5-14 所示。

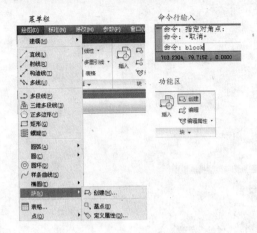

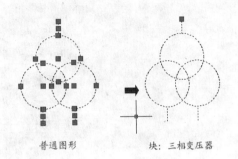

图 5-13　块命令的启动方法　　　　　图 5-14　普通图形与图块的比较

普通图形可以进行修改、删除等操作；而图块是一个整体，只能一起移动、缩放或在块编辑器中进行编辑，在分解后可成为普通图形。

发出创建图块命令后，将打开如图 5-15 所示"块定义"对话框。

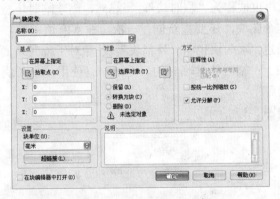

图 5-15　"块定义"对话框

创建图块的操作步骤如图 5-16 所示。

在"块定义"对话框的"名称"文本框中输入"三相变压器"，指定图块的名称。在"对象"栏中单击"选择对象"按钮，系统返回绘图区中，框选已绘制好的图形，按 Enter 键或空格键返回"块定义"对话框中。在"对象"栏中选中"转换为块"单选按钮，可将选择的图形转换为图块；如果选中"保留"单选按钮，则保留原图形；选中"删除"单选按钮则删除原图形。一般情况下，都是选中"转换为块"单选按钮。然后在"基点"栏中单击"拾取点"按钮，返回绘图区中，选择一个点，系统自动返回"块定义"对话框。基点是指插入块的位置，如果不选择基点，系统将默认以原点为基点，这显然是很不方便的。这时，可以看到在"名称"文本框的右侧多了一个小图形，这就是将要创建的图块，可以预览其效果。最后，单击"确定"按钮，"三相变压器"这个图块就创建好了。

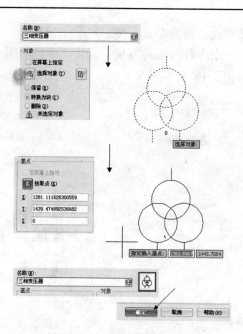

图 5-16　创建图块的操作步骤

　　不过，用这种方式创建的图块，只能在当前文件中使用。也就是说，当新建一个文件或关闭
AutoCAD 2010 再重新启动后，原先定义的"三相变压器"这个图块就不复存在了，也就无法使用
了。因此，这样创建的图块也被称为"临时块"。很显然，创建临时块意义不是很大，如果下次想
要使用"三相变压器"这个图块，还要重新创建一次，非常麻烦。

　　下面介绍永久块的创建。永久块也叫"外部块"，是相对于临时块而言的。永久块与临时块一
样都是图块，其区别就在于：临时块是临时的，无法一直使用；永久块是存放在硬盘中的，只要
不删除，一直都可以使用。

　　永久块的创建过程如图 5-17 所示。

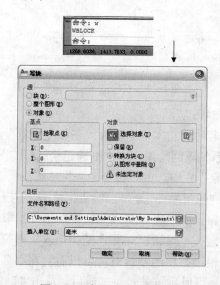

图 5-17　永久块的创建过程

在命令行中输入"WBLOCK"或"W"命令，即可打开"写块"对话框。其中"对象"栏、"基点"栏的操作，即图形和基点的选择，都与创建临时块相同。不同的是，在"写块"对话框的下方有一个"目标"栏。在该栏中，可以浏览选择用于存放图块的文件夹，并指定图块的名称。最后，单击"确定"按钮，一个永久块就创建完成了。永久块是存放在文件夹中的文件，一直都可以使用。

下面介绍"块"子菜单中的"定义属性"命令。属性是所创建的包含在块定义中的对象，可以存储数据，例如部件号、产品名等。

先来看看定义属性功能的效果，如图 5-18 所示为不含有数值的粗糙度和含有数值的粗糙度的对比。

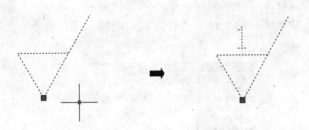

不含有数值的粗糙度图块　　　　含有粗糙度为 1 的图块

图 5-18　定义属性功能演示

定义块属性的操作如图 5-19 所示。

图 5-19　定义块属性的操作

在功能区中，单击"块"→"编辑属性"→"定义属性"按钮，打开"属性定义"对话框。在"属性"栏中输入标记；在"文字设置"栏中选择需要的对正方式，设置文字高度（按照国家标准，文字高度设置为2.5即可）。完成这几步之后，单击"确定"按钮，系统返回绘图区中，将标记放到粗糙度上。接下来定义图块的步骤，按照上面介绍的操作即可。区别在于，选择对象时要同时框选粗糙度符号和标记。

5.3 插入图块

 动画演示——参见附带光盘中的"AVI\Ch5\5-3.avi"文件

创建图块后，在需要使用时，只要将其插入图形中即可。

可以通过菜单栏、功能区、命令行等多种方式启动插入图块命令，如图5-20所示。

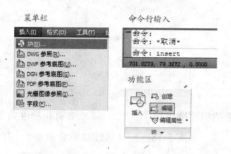

图5-20 插入图块命令的启动方法

发出插入图块命令后，系统弹出"插入"对话框，如图5-21所示。

在"名称"文本框中可以看到已经定义好的块，从中选择需要的块。然后设置好需要的比例值，单击"确定"按钮，系统返回绘图区。在提示"指定插入点或"时，在绘图区中单击指定插入点即可，如图5-22所示。

图5-21 "插入"对话框

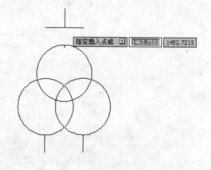

图5-22 插入图块操作

对于没有定义属性的一般图块，按照上面介绍的步骤操作即可。

对于定义了属性的图块，如刚刚定义的粗糙度，在插入图块过程中还要输入标记值，如图5-23所示。

在指定插入点后，系统要求输入标记值，这时可以按照要求输入。图5-23中的0.8是原先定义图块时设定的值，仅供参考，现在输入的标记值可以不是0.8。

对于永久块，插入时可以单击"名称"文本框右侧的"浏览"按钮，在打开的"选择图形文件"对话框选择已经做好的外部块，然后进行进一步的操作即可，如图 5-24 所示。

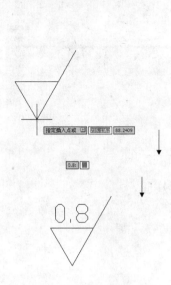

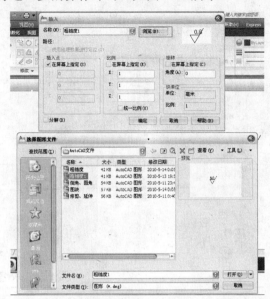

图 5-23　插入已定义属性的图块　　　　　　　　图 5-24　插入永久块

5.4　编　辑　图　块

动画演示——参见附带光盘中的"AVI\Ch5\5-4.avi"文件

前面在定义图块时曾经提到，图块是一个整体，在绘图区中无法进行编辑，只能整体移动或缩放。其实，要编辑一个已经定义好的图块，可在块编辑器中进行。

在功能区的"块"选项卡中单击"编辑"按钮，即可对块进行编辑，如图 5-25 所示。

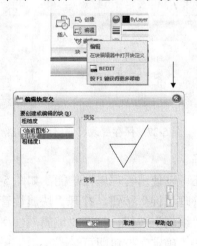

图 5-25　编辑块

视频教学

单击"编辑"按钮后，将弹出"编辑块定义"对话框，在其中选择需要编辑的块，然后单击"确定"按钮，即可打开块编辑器，如图 5-26 所示。

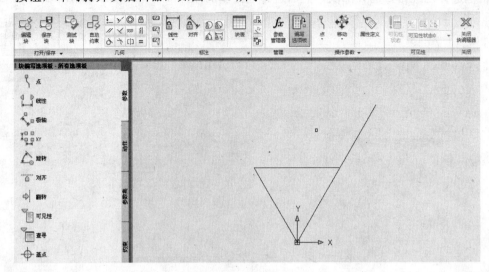

图 5-26　块编辑器

在块编辑器中，可以对块进行各种编辑操作，其与绘图区中对图形的修改操作大致相同，在此不再赘述。

编辑完成后，单击"保存块"按钮，即可保存编辑。要退出块编辑器，可以单击右侧的"关闭块编辑器"按钮。如果这时系统提示"块-未保存更改"，选择"将更改保存到……"即可，如图 5-27 所示。

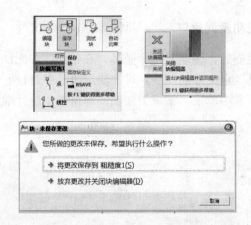

图 5-27　保存更改、退出块编辑器

这样，图块就编辑并保存好了。

如果仅仅需要修改标记，还可以使用管理属性功能，如图 5-28 所示。

在"块"选项卡中单击"管理属性"按钮，打开"块属性管理器"对话框。在该对话框中选择需要修改属性的图块，单击"编辑"按钮，打开"编辑属性"对话框。在该对话框中可以修改"标记"和其他属性，最后单击"确定"按钮即可。

图 5-28　管理属性操作

5.5　实例·操作——隔离开关模块

这里绘制的隔离开关与第 4 讲中绘制的有所不同，第 4 讲中的是单柱式隔离开关，而这里绘制的为双柱式隔离开关。顾名思义，双柱式隔离开关要比单柱式隔离开关多一根柱子，其他画法与单柱式隔离开关类似，这里着重介绍块命令的应用。双柱式隔离开关外形图如图 5-29 所示。

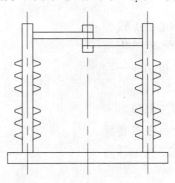

图 5-29　双柱式隔离开关外形图

【思路分析】

对于该双柱式隔离开关外形图，可以先绘制底座；再绘制左侧的柱子，画法与单柱式隔离开关基本相同；然后将左侧的柱子转换为图块，通过插入图块绘制右侧的柱子；接着绘制左侧顶部，同理使用图块命令绘制右侧顶部。在本例中只介绍临时块的创建与插入，如果用户觉得有必要，

视频教学

也可以使用永久块，按照上面介绍的步骤操作即可。双柱式隔离开关的外形图绘制过程如图 5-30 所示。

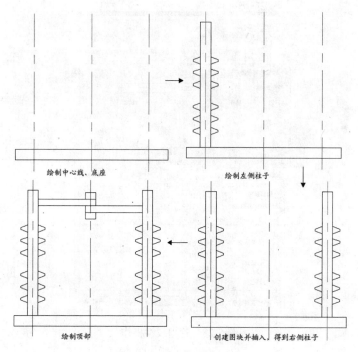

绘制中心线、底座　　绘制左侧柱子

绘制顶部　　创建图块并插入，得到右侧柱子

图 5-30　绘制双柱式隔离开关的流程

【光盘文件】

 结果文件——参见附带光盘中的 "END\Ch5\5-5.dwg" 文件

 动画演示——参见附带光盘中的 "AVI\Ch5\5-5.avi" 文件

【操作步骤】

（1）选择 ——-—— CENTER（中心线）线型（如"线型"下拉列表框中无"中心线"则需先加载，加载过程见第 4 讲实例·模仿——绘制避雷器装置图操作步骤（1），在"对象颜色"下拉列表框中选择红色。使用直线工具绘制一条长 120 毫米的竖直线，再使用阵列工具得到另外两条（设置行数为 1、列数为 3、列偏移为 45 毫米），结果如图 5-31 所示。

图 5-31　绘制 3 条中心线

（2）按照步骤（1）的方法，将线型改为 ———— ByLayer，对象颜色改为黑色。使用矩形工具绘制一个长 120 毫米、宽 8 毫米的矩形，并通过移动工具使矩形一条边的中点在第二条中心线上，如图 5-32 所示。

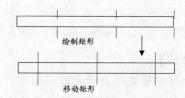

绘制矩形

移动矩形

图 5-32　绘制、移动矩形

（3）按照第 4 讲实例·操作——隔离开关装置图操作步骤（3）～（7）绘制左侧的柱子，其中矩形长 90 毫米、宽 8 毫米，其他都与第 4 讲中相同，这里不再赘述，如图 5-33 所示。

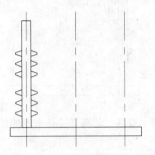

图 5-33　绘制左侧柱子

（4）将步骤（3）中绘制的柱子转换为图块，基点选择矩形底边的中点，如图 5-34 所示。

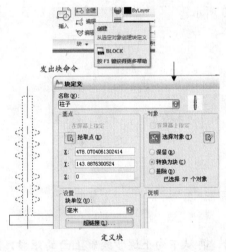

图 5-34　定义块：柱子

（5）插入图块，即可得到右边的柱子。在"插入"对话框的"名称"框中选择刚刚创建的图块"柱子"，其他按照默认设置即可，插入点选择第三条中心线与底座的交点，如图 5-35 所示。

（6）使用矩形工具绘制两个矩形，得到左侧顶部，如图 5-36 所示。

（7）按照步骤（4）的方法，将步骤（6）绘制的左侧顶部转换为图块，基点选择矩形底边与第二条中心线的交点，如图 5-37 所示。

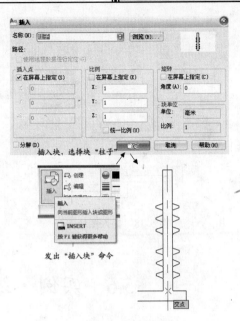

图 5-35　通过插入图块得到右边柱子

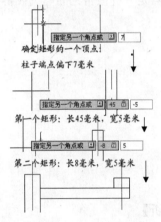

图 5-36　绘制左侧顶部

图 5-37　创建图块 1

（8）插入图块 1，其中"比例 X、Y"都设置为-1，插入点为图块 1 与第二条中心线的交点，如图 5-38 所示。

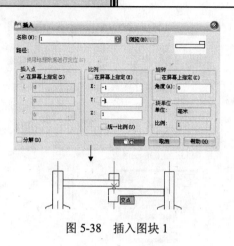

图 5-38　插入图块 1

（9）一个双柱式隔离开关绘制完成，其外形如图 5-39 所示。

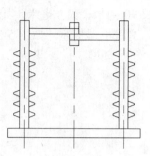

图 5-39　双柱式隔离开关外形图的最终效果

5.6　实例·练习——变压器模块

变压器是一种很常见的电气设备，其外形如图 5-40 所示。

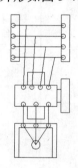

图 5-40　变压器外形图

【思路分析】

对于该变压器外形图，可以先绘制底部的两个矩形，再从下向上逐步绘制上面的矩形，期间要通过移动工具进行移动，然后绘制作为接线柱的圆并复制、移动，最后连接线段即可。其绘制流程如图 5-41 所示。

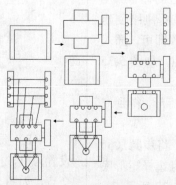

图 5-41　绘制变压器的流程

【光盘文件】

结果文件——参见附带光盘中的"END\Ch5\5-6.dwg"文件

动画演示——参见附带光盘中的"AVI\Ch5\5-6.avi"文件

【操作步骤】

（1）利用矩形工具绘制两个矩形，其中一个长 10 毫米、宽 8 毫米，另一个长 8 毫米、宽 7 毫米。绘制完成后，使用移动工具移动两个矩形，使其底边中点重合，如图 5-42 所示。

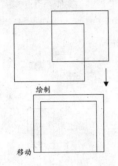

图 5-42　绘制、移动矩形

（2）再次利用矩形工具绘制 4 个矩形，其中第一个长 10 毫米、宽 5 毫米，第二个长 1 毫米、宽 3 毫米，第三个长 2 毫米、宽 8 毫米，第四个长 4 毫米、宽 3 毫米。绘制完成后，使用移动工具将 4 个矩形移动至如图 5-43 所示位置。

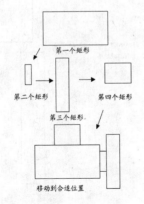

图 5-43　绘制并移动矩形

（3）使用镜像工具将步骤（2）中的第四个矩形复制一份，放在第一个矩形下且与第一个矩形有一条边中点重合，如图 5-44 所示。

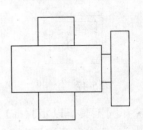

图 5-44　镜像

（4）使用移动工具将上部图形中一个矩形底边中点与下部图形一条边中点重合，再将其上移 1 毫米，如图 5-45 所示。

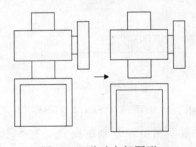

图 5-45　移动上部图形

（5）绘制一个长 2 毫米、宽 11 毫米的矩形，并将其移动到步骤（2）中第三个矩形上方 4 毫米处，如图 5-46 所示。

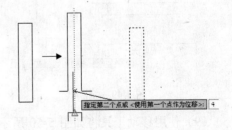

图 5-46　绘制、移动矩形

（6）选择圆工具，以步骤（1）的内部矩形底边中点偏上 3 毫米处为圆心、1 毫米为半径，绘制一个圆（注意选择"圆心、半径"模式），如图 5-47 所示。

视频教学

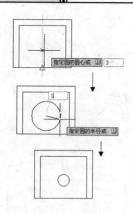

图 5-47　绘制圆

（7）选择圆工具，以步骤（1）中两个矩形两条边的中点为直径两端绘制一个圆（注意选择"两点"模式），并向左、右 3 毫米处各复制一个，共得到 3 个矩形作为接线柱，如图 5-48 所示。

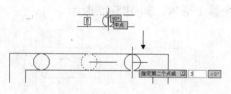

图 5-48　绘制圆

（8）将步骤（7）中的 3 个圆以圆心为基点向上复制两份，复制距离分别为 5 毫米和 9 毫米，如图 5-49 所示。

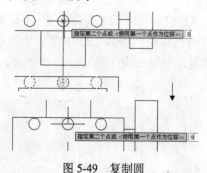

图 5-49　复制圆

（9）使用移动工具将如图 5-50 所示的圆向右移动 1 毫米，并向左镜像一份（注意不要删除源对象）。

（10）使用"复制"命令，以步骤（8）中一个圆的左边象限点为基点，步骤（5）中矩形的左下顶点为复制目标点，对圆进行复制，如

图 5-51 所示。

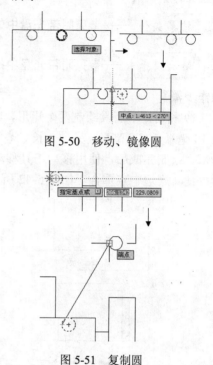

图 5-50　移动、镜像圆

图 5-51　复制圆

（11）使用阵列工具将步骤（10）中的圆向上阵列 4 行，行偏移为 2.5 毫米，如图 5-52 所示。

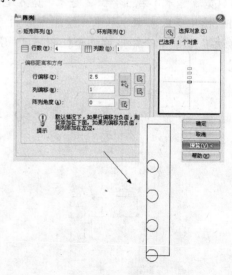

图 5-52　阵列圆

（12）将阵列得到的 4 个圆上移 1 毫米，如图 5-53 所示。

（13）将步骤（12）中的矩形和 4 个圆转

换为图块,基点为矩形左下顶点,如图 5-54 所示。

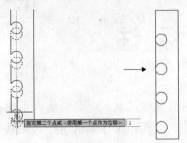

图 5-53 上移圆

图 5-54 创建图块

（14）插入步骤（13）中创建的图块，插入点在基点左侧 12 毫米处，如图 5-55 所示。

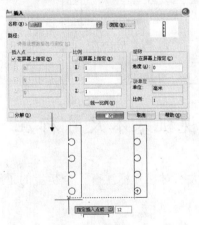

图 5-55 插入图块

（15）使用直线工具进行连线，如图 5-56 所示。

（16）使用直线工具连接其他接线柱，如图 5-57 所示。

（17）使用直线工具进行连线，直线一端

为圆心，另一端为对应直线上的最近点（注意在"对象捕捉"中选择"最近点"），如图 5-58 所示。

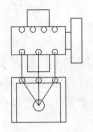

图 5-56 连线

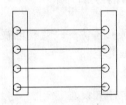

图 5-57 连线

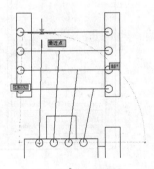

图 5-58 再次连线

（18）至此，一个变压器装置图绘制完成，如图 5-59 所示。

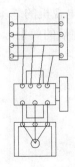

图 5-59 变压器装置图的最终效果

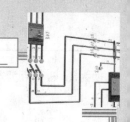
第 6 讲 尺 寸 标 注

尺寸标注是绘制工程图时非常重要的一个环节，必须熟练掌握。本章以典型实例引出尺寸标注命令，接着重点介绍多种标注类型以及公差标注，尺寸样式设置和尺寸编辑这些常用功能，并结合机械制图的实例进一步说明这些常用命令的使用方法和技巧。

 本讲内容

- ➤ 实例·模仿——监视电视机基本尺寸标注
- ➤ 标注类型
- ➤ 公差标注
- ➤ 尺寸样式设置

- ➤ 尺寸编辑
- ➤ 实例·操作——变压器装配图尺寸标注
- ➤ 实例·练习——基建尺寸标注

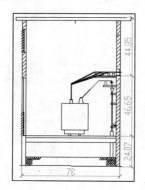
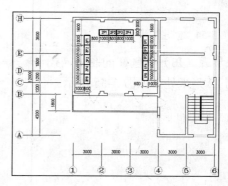

6.1 实例·模仿——监视电视机基本尺寸标注

下面对监视电视机的基本尺寸进行初步的标注，使大家对尺寸标注有一个初步的了解。如图 6-1 所示为标注后的效果。

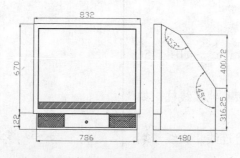

图 6-1 监视电视机标注效果图

【思路分析】

标注此监视电视机的基本尺寸主要分为两个步骤：首先标注主视图，其中主要用到的是线性标注与连续标注的相关基础知识；然后标注左视图，主要用到角度标注方面的知识，如图 6-2 所示。

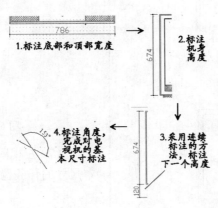

图 6-2　标注监视电视机基本尺寸的流程

【光盘文件】

结果文件——参见附带光盘中的"END\Ch6\6-1.dwg"文件

动画演示——参见附带光盘中的"AVI\Ch6\6-1.avi"文件

【操作步骤】

（1）在"常用"功能区的"注释"选项卡中单击 线性 按钮，即可快速进入线性标注模式，如图 6-3 所示。

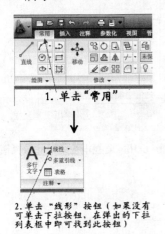

图 6-3　启动线性标注

（2）启动线性标注命令后，标注监视电视机顶部与底座的长度：首先点选第一个端点，

再点选第二个端点，移动尺寸线即可完成，如图 6-4 所示。

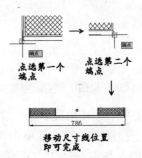

图 6-4　标注监视电视机长度

（3）按照步骤（2）的操作，线性标注监视电视机第一个高度，之后启动连续标注来标注第二个高度。完成后按 Esc 键退出（连续标注的启动方法是：在 注释 功能区中找到并单击 ），如图 6-5 所示。

（4）这样，就完成了对监视电视机主视图的基本尺寸标注，效果如图 6-6 所示。

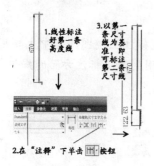

图6-5　标注高度

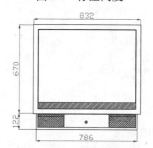

图6-6　监视电视机主视图标注

（5）下面开始标注监视电视机左视图。先用线性标注的方法标注好左视图中的监视电视机宽度与高度，如图6-7所示。

图6-7　标注左视图中的监视电视机宽、高

（6）接下来标注角度。在"常用"功能区单击 线性 下拉箭头，找到并单击"角度标注"按钮 角度，进入角度标注。点选两条边，系统自动标出角度。最后把角度尺寸线移动到合适

位置即可，如图6-8所示。

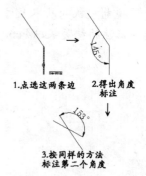

图6-8　标注左视图角度

（7）左视图标注完毕，标注监视电视机基本尺寸的任务也宣告完成，如图6-9所示。

图6-9　左视图尺寸标注

（8）主视图与左视图标注完成后的效果如图6-10所示。

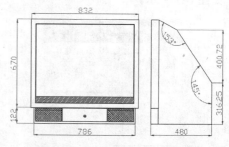

图6-10　监视电视机尺寸效果图

6.2　标 注 类 型

 动画演示——参见附带光盘中的 "AVI\Ch6\6-2.avi" 文件

在学习尺寸标注之前，要先了解尺寸标注单元。通常来说，一个尺寸标注单元包括4个组成

部分，即尺寸界线、尺寸线、箭头以及标注文字，如图 6-11 所示。

其中各项功能介绍如下。

◆ 标注文字：表明图形的实际测量值。标注文字应按标准字体书写；同一张图纸上的字高要一致；在图中遇到图线时须将图线断开，或者调整尺寸标注的位置，如图 6-12 所示。

图 6-11　尺寸标注单元的组成　　　　图 6-12　图线断开

◆ 尺寸线：表明标注的范围。作图时通常把尺寸线放置在测量区域中，如果测量区域太小，则将尺寸线或文字移到测量区域的外部。尺寸线应使用实线绘制。

◆ 箭头：显示在尺寸线的末端，用于指出测量的开始和结束位置。在 AutoCAD 中，除了默认的闭合填充箭头符号外，还提供了多种箭头符号，以满足不同的行业需要，如建筑标记、小斜线箭头、点和斜杠等。

◆ 尺寸界线：从标注的起点引出表明标注范围的直线，可以从图形的轮廓线、轴线、对称中心线引出；同时，轮廓线、轴线及对称中心线也可以作为尺寸界线。尺寸界线也应使用实线绘制。

AutoCAD 提供了十余种标注工具用来对工程图进行标注，常用的标注工具有线性、对齐、角度、直径、半径、圆心、连续与基线等，如图 6-13 所示。

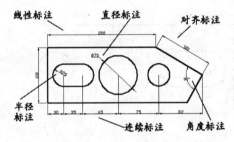

图 6-13　标注方法的多样性

下面将会依次介绍这些标注工具。

6.2.1　线性尺寸标注

线性标注命令主要用于标注在 X 轴或 Y 轴方向上的尺寸。其启动方法有 3 种，如图 6-14 所示。

◆ 在"常用"功能区中单击"注释"选项卡中的 线性 按钮。

◆ 在"注释"功能区中单击"标注"选项卡中的 按钮。

◆ 输入命令"DLI"（大小写均可），按空格键或 Enter 键。

视频教学

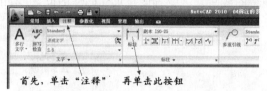 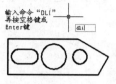

图 6-14　线性尺寸标注命令的 3 种启动方法

　　启动线性标注命令后，选择要标注的对象，然后单击指定第一个标注点，接着指定第二个标注点，用鼠标往外拖动，一条线性尺寸标注线就出现了，如图 6-15 所示。

 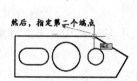 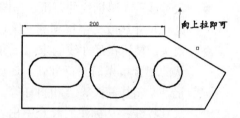

图 6-15　线性标注一般方法演示

　　如果两个点不在同一条线上，或者这两个点是圆心，也是可以对其进行线性标注的。此时所表示的是两点间的水平或垂直距离，如图 6-16 所示。

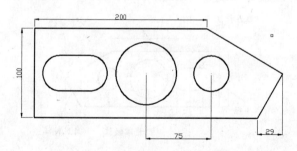

图 6-16　线性标注的应用情形

在使用线性标注命令时，命令行将提示以下信息。

[多行文字(M)/文字(T)/角度(A)/水平(H)/垂直(V)/旋转(R)]:
其中各项含义介绍如下。

◆　多行文字(M)：选择该项将进入多行文字编辑模式，可以通过"多行文字编辑器"对话框输入并设置标注文字。其中，文字输入窗口中的尖括号（<>）表示系统的测量值。

◆　文字(T)：可以以单行文字的形式输入标注文字，此时将显示"输入标注文字<I>"提示信息，要求输入标注文字。

◆　角度(A)：设置标注文字的旋转角度。

◆　水平(H)与垂直(V)：标注水平尺寸和垂直尺寸。可以直接确定尺寸线的位置，也可以选择其他选项来指定标注文字内容或标注文字的旋转角度。

◆ 旋转(R)：旋转标注对象的尺寸线。

6.2.2 对齐标注

对齐标注命令主要用于标注尺寸起点、终点连线方向上的尺寸。对齐标注运用得最普遍的，是对斜线的长度进行标注。其启动方法有3种，如图6-17所示。

第一种方法

第二种方法

第三种方法：输入命令"DAL"，再按空格键

图6-17　对齐标注命令的启动方法

对齐标注命令的使用方法与线性标注类似，都是先指定第一个点，再指定第二个点，最后向外拖曳即可，其效果如图6-18所示。

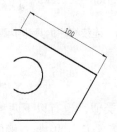

图6-18　对齐标注效果

视频教学

6.2.3　连续标注

在进行连续标注之前，必须先创建或选择一个线性、坐标或角度标注作为基准，以确定连续标注所需要的前一尺寸标注的尺寸界线，再启动连续标注命令。

启动连续标注命令的方法有以下两种：

◆　在"注释"功能区的"标注"选项卡中单击 ┌┬┐ 右侧的下拉按钮，在弹出的下拉列表中单击 ┼┼┼ 连续 按钮，如图6-19所示。

◆　输入命令"dco"。

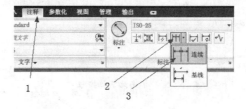

图6-19　连续标注命令的启动方法

连续标注的具体步骤如图6-20所示。

第一步：先使用线性标注标出第一条尺寸线

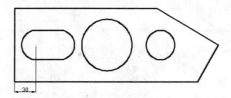

第二步：对图形尺寸进行连续标注

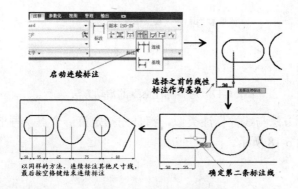

图6-20　连续标注的具体步骤

6.2.4　基线标注

基线标注命令的启动方法与连续标注类似，也有以下两种：

◆　单击"注释"功能区的"标注"选项卡中的 ┌┬┐ 右侧的下拉按钮，在弹出的下拉列表中单击 ┌─ 基线 按钮。

◆ 输入命令 "dba"。

基线标注的操作步骤与连续标注类似，首先创建或选择一个线性、坐标或角度标注作为基准，以确定基线标注所需的前一尺寸标注的尺寸界线，再启动基线标注命令。然后直接确定下一个尺寸的第二条尺寸界线的起始点，AutoCAD 将按基线标注方式标注出尺寸，直到按空格或 Enter 键结束命令为止，如图 6-21 所示。

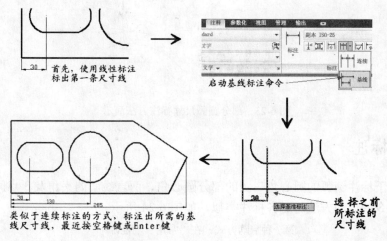

图 6-21 基线标注方式演示

6.2.5 弧长标注

弧长标注命令的作用是标注圆弧的长度或圆弧某一部分的弧长。其启动方法有以下 3 种：

◆ 在"常用"功能区的"注释"选项卡中单击 ⊢线性▾ 右侧的下拉按钮，在弹出的下拉列表中单击 ⌒弧长 按钮。

◆ 在"注释"功能区的"标注"选项卡中单击 ▯底部的下拉按钮，在弹出的下拉列表中单击 ⌒弧长 按钮。

◆ 直接输入 "dimarc" 命令，按空格键。

弧长标注的方法是先指定所需标注的圆弧，系统将按实际测量值标注出圆弧的长度。也可以利用"多行文字(M)"、"文字(T)"或"角度(A)"选项，确定尺寸文字或尺寸文字的旋转角度。另外，如果选择"部分(P)"选项，也可标注选定的某一部分弧长，如图 6-22 所示。

圆弧长度标注　　　　　　　　　　　部分圆弧长度标注

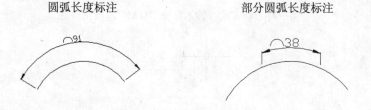

图 6-22 圆弧标注演示

对于部分弧长标注，其方法如图 6-23 所示。

视频教学

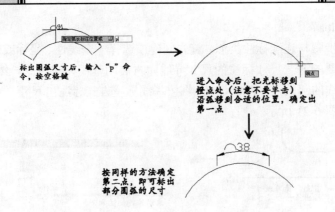

图 6-23　部分圆弧尺寸标注方法演示

6.2.6　角度标注

角度标注用于标注圆弧的圆心角、圆的部分圆心角、两直线间的夹角及 3 点间的夹角。

角度标注命令的启动方法与对齐标注类似，如图 6-24 所示。

第一种启动方式：在"常用"功能区中

第二种启动方式：在"注释"功能区中

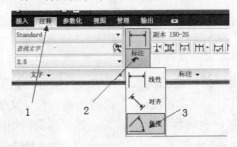

第三种启动方式：输入命令"DAN"，按空格键

图 6-24　角度标注命令的启动方式

对于标注两线夹角，其方法是点选第一条边，再点选第二条边，然后把尺寸线往外拖曳到一个合适位置即可，如图 6-25 所示。

视频教学

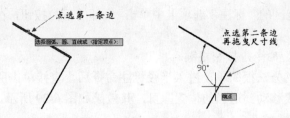

图 6-25　两线夹角标注演示

对于标注圆的部分圆心角，其方法是在圆上点选第一个端点，然后在空白处点选第二个端点（注意此时不要在圆上点选第二个端点），再往外拖曳即可，如图 6-26 所示。

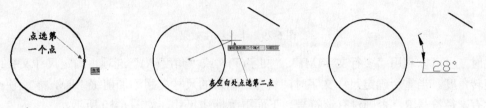

图 6-26　标注圆的部分圆心角演示

对于标注圆弧角度，直接确定标注弧线，再指定标注弧线的位置即可，如图 6-27 所示。

图 6-27　圆弧角度标注演示效果

对于标注 3 个点间的角度，其方法是启动角度标注命令后，按空格键，然后点选 3 个点中的顶点，再分别点选指定角的两个端点，最后指定标注弧线的位置，如图 6-28 所示。

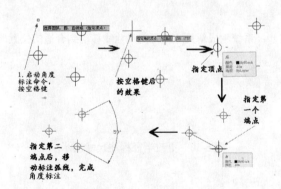

图 6-28　标注 3 点形成角度

6.2.7　半径标注

半径标注命令的启动方法有以下 3 种：

◆　在"常用"功能区的"注释"选项卡中单击 线性 右侧的下拉按钮，在弹出的下拉列表中单击 半径 按钮。

视频教学

◆ 在"注释"功能区的"标注"选项卡中单击▥底部的下拉按钮，在弹出的下拉列表中单击⊙**半径**按钮。

◆ 直接输入"dra"命令，按空格键。

标注圆或圆弧半径的方法很简单，进入半径标注命令后，直接单击所要标注的圆或圆弧，即可生成标注，再把标注线移动到适当的位置即可，其效果如图6-29所示。

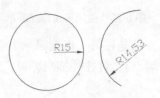

图 6-29   半径标注效果

此时，也可以利用"多行文字(M)"、"文字(T)"或"角度(A)"选项，确定尺寸文字或尺寸文字的旋转角度。当重新确定尺寸文字时，只有给输入的尺寸文字添加前缀"R"，才能使标出的半径尺寸有半径符号R，否则没有该符号。下面更改标注尺寸，如图6-30所示。

第一步：输入"t"，按空格键

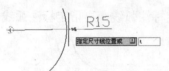

第二步：输入"R"，加上所更改的新尺寸，按 Enter 键

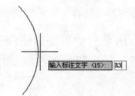

第三步：系统生成新尺寸，再把尺寸线移动到合适的位置即可

图 6-30   更改半径标注尺寸演示

6.2.8   折弯标注

折弯标注命令的启动方法有以下3种：

◆ 在"常用"功能区的"注释"选项卡中单击⊙**半径**右侧的下拉按钮，在弹出的下拉列表中单击⅀**折弯**按钮。

◆ 在"注释"功能区的"标注"选项卡中单击▤右侧的下拉按钮，在弹出的下拉列表中单击⅀**折弯**按钮。

◆ 输入命令"djo"。

折弯标注与半径标注的方式基本相同，但需要指定一个位置代替圆或圆弧的圆心，如图6-31所示。

图6-31　折弯标注效果

6.2.9　直径标注

直径标注命令的启动方法与半径标注类似，也有以下3种：

◆ 在"常用"功能区的"注释"选项卡中单击 ⊙半径 右侧的下拉按钮，在弹出的下拉列表中单击 ⊙直径 按钮。

◆ 在"注释"功能区的"注释"选项卡中单击 ⌐底部的下拉按钮，在弹出的下拉列表中单击 ⊙直径 按钮。

◆ 输入命令"ddi"。

直径标注与半径标注的方法类似，都是启动命令后，直接单击所需标注的圆或圆弧，即可完成标注，其效果如图6-32所示。

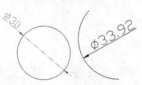

图6-32　直径标注效果

在直径标注中，重新确定尺寸文字的方法与半径标注重新确定尺寸文字相一致。但值得注意的是，当重新确定尺寸文字时，需要在尺寸文字前添加前缀"%%C"，才能使标出的直径尺寸带有直径符号ϕ，如图6-33所示。

第一步：输入命令"t"，按空格键

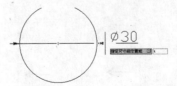

第二步：输入"%%C"，加上要更改的新尺寸文字，按Enter键

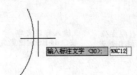

图6-33　更改直径标注尺寸文字

视频教学

第三步：生成新的标注文字，把尺寸线移动到合适位置即可

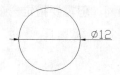

图 6-33　更改直径标注尺寸文字（续）

6.2.10　圆心标记

圆心标记命令的启动方法有以下两种：

◆　在"注释"功能区中单击 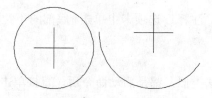 下拉按钮，在弹出的下拉列表中单击 ⊙ 按钮。
◆　直接输入命令"dimcenter"，按空格键。

圆心标记的方法很简单，只需单击所需标记的圆或圆弧即可。圆心标记的形式可以由系统变量 dimcen 来设置。圆心标记的效果如图 6-34 所示。

图 6-34　圆心标记效果

6.2.11　多重引线标注

多重引线标注命令可用于标注厚度和零件序号，其启动方法有以下 3 种：

◆　在"常用"功能区的"注释"选项卡中单击 ⌁多重引线 右侧的下拉按钮，在弹出的下拉列表中单击 ⌁多重引线 按钮。
◆　在"注释"功能区的"标注"选项卡中单击 ⌁ 按钮。
◆　输入命令"MLEADER"。

启动多重引线命令后，首先确定引线箭头的位置，然后在打开的文字输入框中输入注释内容即可，如图 6-35 所示。

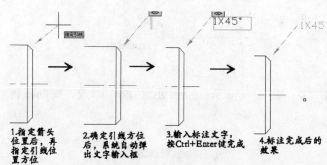

1.指定箭头位置后，再指定引线位置方位　2.确定引线方位后，系统自动弹出文字输入框　3.输入标注文字，按Ctrl+Enter键完成　4.标注完成后的效果

图 6-35　多重引线标注演示

单击"添加引线"按钮，可以为图形继续添加多个引线和标注，最后按空格键结束，如图 6-36 所示。

图 6-36　继续添加多个引线标注的效果

如需取消一些引线标注，可单击　按钮，选择已经标注的多重引线，然后点选所需取消的引线，按空格键即可。

如果需要设置多重引线的格式、结构和内容，可以通过多重引线样式管理器来进行。其打开方式如图 6-37 所示。

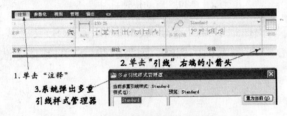

图 6-37　多重引线样式管理器的打开方法

单击"新建"按钮，在打开的"创建新多重引线样式"对话框中可以创建多重引线样式，如图 6-38 所示。

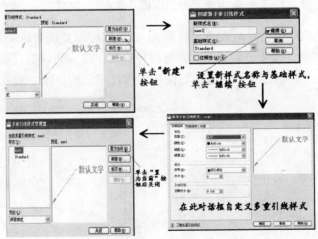

图 6-38　设置新的多重引线样式

6.2.12　坐标标注

坐标标注可以用于标注相对于用户坐标系原点的坐标。该命令的启动方法是：在"常用"功能区的"注释"选项卡中单击 □线性 右侧的下拉按钮，在弹出的下拉列表中单击 坐标 按钮。

默认情况下，指定引线的端点位置后，系统将在该点处标注出指定点坐标。

6.2.13 快速标注

利用快速标注命令可以快速创建系列基线、连续标注和坐标标注，或者快速标注多个圆、圆弧，以及编辑现有的标注布局。

快速标注命令的启动方法如图 6-39 所示。

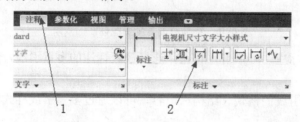

图 6-39　启动快速标注命令

使用快速标注命令可以快捷地进行"连续（C）"、"并列（S）"、"基线（B）"、"坐标（O）"、"半径（R）"及"直径（D）"等一系列的标注。因为这些标注的具体方法在前面已经详细介绍过，因此不再赘述。

6.3　公　差　标　注

动画演示──参见附带光盘中的"AVI\Ch6\6-3.avi"文件

公差分为尺寸公差和形位公差两大类，利用 AutoCAD 可以实现对这两类公差的标注。

在 AutoCAD 2010 中，尺寸公差标注主要有两种方法：（1）利用替代法标注；（2）利用"特性"选项板标注。下面分别通过这两种方法对图形进行尺寸公差标注，效果如图 6-40 所示。

$$25^{+0.005}_{-0.0025}$$

图 6-40　尺寸公差标注的效果

使用第一种方法（替代法）标注尺寸公差的过程如图 6-41 所示。

使用第二种方法标注尺寸公差的过程如图 6-42 所示。

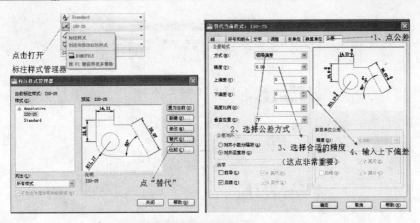

图 6-41　利用替代法进行尺寸公差标注

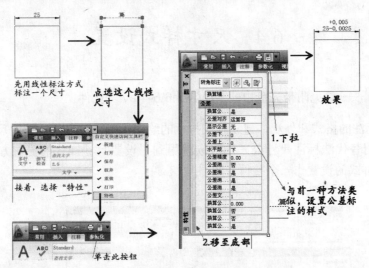

图 6-42　用设置特性的方法标注尺寸公差

形位公差命令的启动方法如图 6-43 所示。

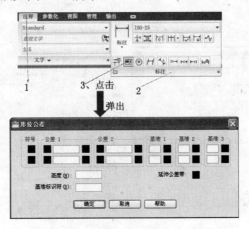

图 6-43　形位公差命令的启动方法

形位公差标注方法如图 6-44 所示。

视频教学

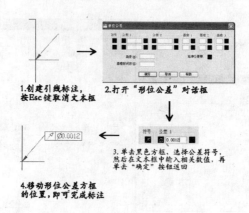

1.创建引线标注，
按Esc键取消文本框

2.打开"形位公差"对话框

3.单击黑色方框，选择公差符号，
然后在文本框中输入相关数值，再
单击"确定"按钮返回

4.移动形位公差方框
的位置，即可完成标注

图 6-44　形位公差标注方法

6.4　尺寸样式设置

动画演示——参见附带光盘中的"AVI\Ch6\6-4.avi"文件

如果想更改标注的格式和外观，建立强制执行的绘图标准，可以通过设置尺寸样式的方法来实现。前面在使用替代法标注尺寸公差的时候就用到了设置尺寸样式的一些方法，下面再通过图 6-45 来对尺寸样式的设置作一个整体介绍。

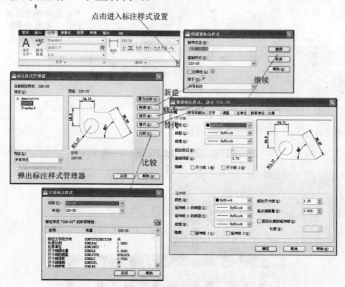

图 6-45　有关尺寸样式设置的具体功能

6.4.1　新建标注样式

新建标注样式的方法如图 6-46 所示，可以新建线、符号和箭头、文字、主单位、换算单位、公差等的标注样式。

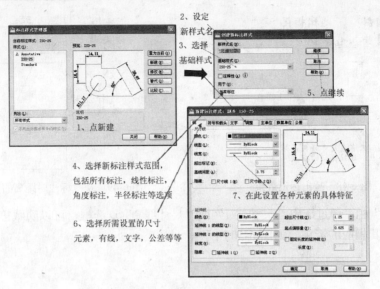

图 6-46　新建标注样式的方法

6.4.2　设置线样式

在"新建（修改、替代）标注样式"对话框中，选择"线"选项卡，可以从中设置尺寸线和尺寸界线的格式，如图 6-47 所示。

图 6-47　对线样式的设置

该对话框中一些主要选项的功能介绍如下。

1. "尺寸线"选项组

◆ "超出标记"文本框：当尺寸线的箭头采用倾斜、建筑标记、小点、积分或无标记等样式时，使用该文本框可以设置尺寸线超出尺寸界线的长度，如图 6-48 所示。

◆ "基线间距"文本框：进行基线尺寸标注时可以设置各尺寸线之间的距离，如图 6-49 所示。

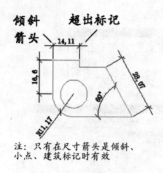

图 6-48　超出标记效果

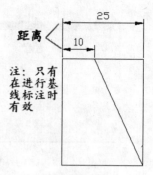

图 6-49　基线标注时距离的设置效果

◆　"隐藏"栏：通过选中"尺寸线 1"或"尺寸线 2"复选框，可以隐藏第 1 段或第 2 段尺寸线及其相应的箭头，如图 6-50 所示。

图 6-50　隐藏尺寸线效果

2. "延伸线"选项组

◆　"延伸线 1 的线型"和"延伸线 2 的线型"下拉列表框：用于设置尺寸界线的线型。
◆　"超出尺寸线"文本框：用于设置尺寸界线超出尺寸线的距离，如图 6-51 所示。
◆　"起点偏移量"文本框：用于设置尺寸界线的起点与标注定义点的距离，如图 6-52 所示。

图 6-51　超出尺寸线效果

图 6-52　起点偏移量效果

◆　"隐藏"栏：通过选中"延伸线 1"或"延伸线 2"复选框，可以隐藏延伸线，如图 6-53 所示。

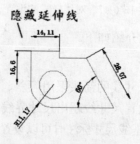

图 6-53　隐藏延伸线

视频教学

◆ "固定长度的延伸线"复选框：选中该复选框，可以使用具有特定长度的尺寸界线标注图形，其中在"长度"文本框中可以输入尺寸界线的数值。

6.4.3 设置符号和箭头

在"新建（修改、替代）标注样式"对话框中，选择"符号和箭头"选项卡，可以从中设置箭头、圆心标记、弧长符号和半径折弯标注等的格式与位置，如图 6-54 所示。

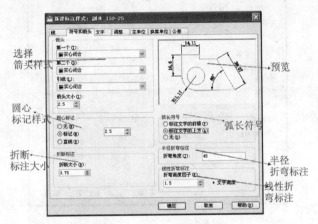

图 6-54 "符号和箭头"选项卡

其中主要选项的含义介绍如下。

◆ 弧长符号：在此选项组中，可以设置弧长符号的显示位置，包括"标注文字的前缀"、"标注文字的上方"和"无"3 种，如图 6-55 所示。

◆ 半径标注折弯：在"半径折弯标注"选项组的"折弯角度"文本框中，可以设置标注圆弧半径时的折弯角度大小，如图 6-56 所示。

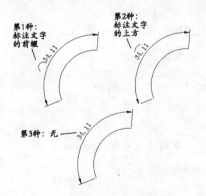

图 6-55 设置弧长符号的位置　　　　图 6-56 圆弧半径标注线折弯角度

◆ 折断标注：在"折断标注"选项组的"折断大小"文本框中，可以设置折断标注时标注线的长度大小。

◆ 线性折弯标注：在"线性折弯标注"选项组的"折弯高度因子"文本框中，可以设置折弯标注折断的折弯线的高度大小。

6.4.4 设置文字

可以通过"文字"选项卡设置标注文字的外观、位置和对齐方式，如图 6-57 所示。

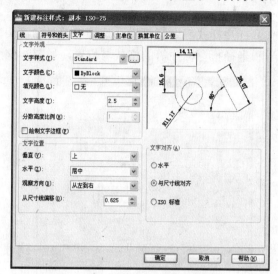

图 6-57 "文字"选项卡

其中主要选项的含义介绍如下。

1．"文字外观"选项组

◆ 文字样式：用于选择标注文字的样式；也可以单击其后的▭按钮，打开"文字样式"对话框，选择文字样式或新建文字样式。

◆ 分数高度比例：设置标注文字中分数相对于其他标注文字的比例，此时分数高度=标注文字高度×所设置的比例值。

◆ 绘制文字边框：设置是否为标注文字添加边框，如图 6-58 所示。

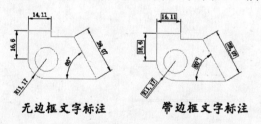

图 6-58 文字标注边框的设置

2．"文字位置"选项组

◆ "垂直"下拉列表框：用于设置标注文字相对于尺寸线在垂直方向上的位置，如"外部"、"居中"、"下方"和 JIS（如果选择 JIS 选项，则按 JIS 规则放置标注文字），如图 6-59 所示。

◆ "水平"下拉列表框：用于设置标注文字相对于尺寸线和尺寸界线在水平方向上的位置，如"居中"、"第一条延伸线"、"第二条延伸线"、"第一条延伸线上方"，如图 6-60 所示。

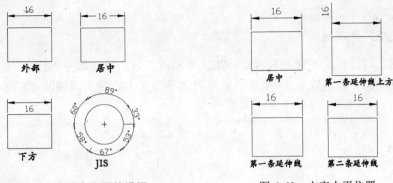

图 6-59 文字垂直位置的设置　　　　图 6-60 文字水平位置

3. "文字对齐"选项组

包括 3 种文字对齐方式,如图 6-61 所示。

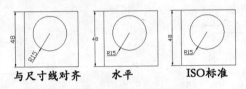

图 6-61 文字对齐方式

◆ "水平"单选按钮:使标注文字水平放置。

◆ "与尺寸线对齐"单选按钮:使标注文字方向与尺寸线方向一致。

◆ "ISO 标准"单选按钮:使标注文字按 ISO 标准放置。当标注文字在尺寸界线之内时,
其方向与尺寸线一致;而在尺寸界线之外时将水平放置。

6.4.5 调整

在"新建(修改、替代)标注样式"对话框中,选择"调整"选项卡,可以从中设置标注文
字、尺寸线、尺寸箭头的位置等,如图 6-62 所示。

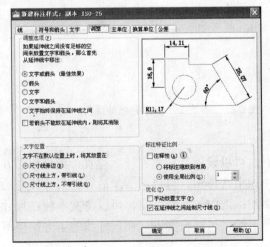

图 6-62 "调整"选项卡

视频教学

其中主要选项的含义介绍如下。

1. "调整选项"选项组

当尺寸界线之间没有足够空间来放置标注文字和箭头时，应从尺寸界线之间移出对象。

◆ 文字或箭头（最佳效果）：按最佳效果自动移出文本或箭头，如图 6-63 所示。

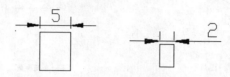

图 6-63　最佳效果

◆ 箭头：首先将箭头移出，如图 6-64 所示。
◆ 文字：首先将文字移出，如图 6-65 所示。

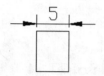

图 6-64　首先将箭头移出 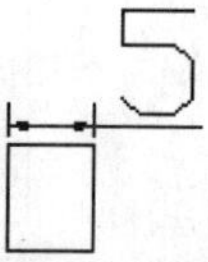　　　　　图 6-65　首先将文字移出

◆ 文字和箭头：将文字和箭头都移出，如图 6-66 所示。
◆ 文字始终保持在延伸线之间：将文本始终保持在尺寸界线之内，如图 6-67 所示。

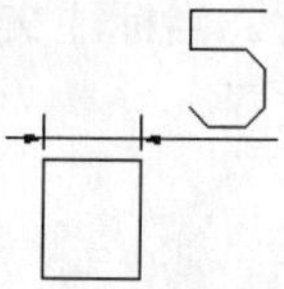

图 6-66　将文字和箭头都移出 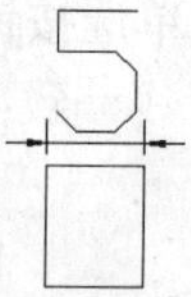　　　　图 6-67　文字始终保持在延伸线之间

◆ 若箭头不能放在延伸线内，则将其消除：选中该复选框，可以抑制箭头显示，如图 6-68 所示。

图 6-68　若箭头不能放在延伸线内，则将其消除

2. "文字位置"选项组

当文字不在默认位置时，可以设置其放置在什么位置，效果如图 6-69 所示。

◆ 尺寸线旁边：选中该单选按钮，可以将文本放置在尺寸线旁边。
◆ 尺寸线上方，带引线：选中该单选按钮，可以将文本放在尺寸线的上方，并带有引线。
◆ 尺寸线上方，不带引线：可以将文本放在尺寸线的上方，但不带引线。

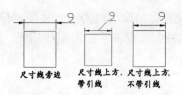

图 6-69　文字位置

3.　"标注特征比例"选项组

通过设置全局比例来增加或减少各标注的大小。

◆　使用全局比例：选中该单选按钮，可以对全部尺寸标注设置缩放比例，该比例不改变尺
寸的测量值。

◆　将标注缩放到布局：选中该单选按钮，可以根据当前模型空间视口与图纸空间之间的缩
放关系设置比例。

4.　"优化"选项组

◆　手动放置文字：选中该复选框，则忽略标注文字的水平设置，在标注时可将标注文字放
置在指定的位置。

◆　在延伸线之间绘制尺寸线：当尺寸箭头放置在尺寸界线之外时，也可在尺寸界线之间绘
制出尺寸线。

6.4.6　设置主单位

在"新建（修改、替代）标注样式"对话框中，选择"主单位"选项卡，可以从中设置主单
位格式与精度等属性，如图 6-70 所示。

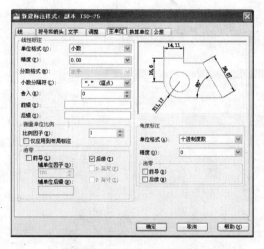

图 6-70　"主单位"选项卡

其中主要选项的含义介绍如下。

1.　"线性标注"选项组

◆　"单位格式"下拉列表框：设置除角度标注之外的其余各标注类型的尺寸单位，包括"科
学"、"小数"、"工程"、"建筑"、"分数"等选项。

◆ "舍入"数值框：用于设置除角度标注外的尺寸测量值的舍入值。
◆ "前缀"和"后缀"文本框：设置文字的前缀和后缀，在相应的文本框中输入字符即可，如图 6-71 所示。

图 6-71　添加前后缀及其效果

2."测量单位比例"选项组

通过"比例因子"数值框可以设置测量尺寸的缩放比例，AutoCAD 的实际标注值为测量值与该比例的积；选中"仅应用到布局标注"复选框，可以设置该比例关系仅适用于布局。

3."消零"选项组

可以设置是否显示尺寸标注中的"前导"和"后续"零。

4."角度标注"选项组

在"角度标注"选项组中，可以通过"单位格式"下拉列表框设置标注角度时的单位；通过"消零"栏可设置是否消除角度尺寸的前导和后续零。

6.4.7　设置换算单位

通过"换算单位"选项卡可以设置换算单位的格式。通常是英制标注与公制标注单位相互等效。在标注文字中，换算单位显示在主单位旁边的"[ ]"中，如图 6-72 所示。

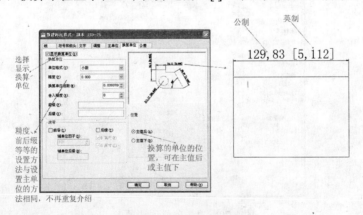

图 6-72　设置换算单位

6.4.8　设置公差

6.3 节曾介绍了使用替代法来标注尺寸公差，其中提到了"公差"选项卡，在此将详细介绍如何通过"公差"选项卡来设置是否标注公差，以及以何种方式进行标注。"公差"选项卡及其中各项的含义如图 6-73 所示。

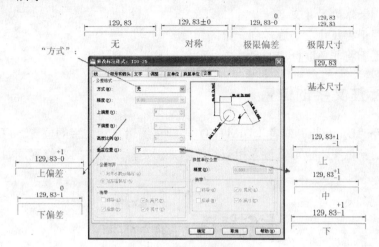

图 6-73　设置公差

6.5　尺 寸 编 辑

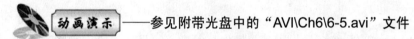

动画演示——参见附带光盘中的"AVI\Ch6\6-5.avi"文件

通过尺寸编辑，可以对已标注对象的文字、位置及样式等内容进行修改。

6.5.1　编辑标注

在 AutoCAD 2010 中，启动编辑标注命令最快捷的方式便是直接输入命令"Dimedit"或"DED"，按空格键。进入编辑标注命令后，即可编辑已有标注的标注文字内容和放置位置，其操作方法如图 6-74 所示。

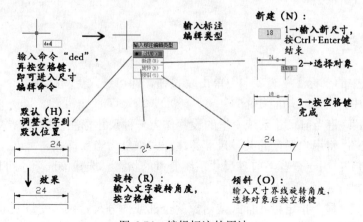

图 6-74　编辑标注的用法

视频教学

标注编辑类型主要分为"默认(H)"、"新建(N)"、"旋转(R)"、"倾斜(O)"4 种。

◆ 默认：按默认的位置和方向放置尺寸文字。

◆ 新建：用于修改尺寸文字。

◆ 旋转：用于将尺寸文字旋转到一定的角度。

◆ 倾斜：用于将非角度标注的尺寸界线倾斜到某一角度。

6.5.2 编辑标注文字的位置

直接输入命令"Dimtedit"或者"DIMTED"，即可编辑尺寸文字的位置。可以直接拖动光标来确定标注文字的新位置，也可以输入相应的选项来指定标注文字的新位置，如图 6-75 所示。

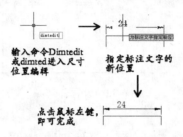

图 6-75　编辑标注文字的用法

6.5.3 替代标注

替代标注可以临时修改尺寸标注的系统变量设置。该操作只对指定的尺寸对象进行修改，不影响原系统变量设置。

启动替代标注命令的方法是：在 注释 功能区中单击 标注 下拉按钮，在弹出的下拉列表中单击 按钮。

默认情况下，输入要修改的系统变量名，并为该变量指定一个新值，然后选择需要修改的对象，这时指定的尺寸对象将按新的变量设置进行相应的更改。如果在命令行提示下输入"C"，并选择需要修改的对象，则可以取消用户已作出的修改，并将尺寸对象恢复成在当前系统变量设置下的标注样式。

6.5.4 更新标注

在 注释 功能区中的"标注"选项卡中单击 按钮，即可进入更新标注命令。

在该命令提示中，各选项功能如下。

◆ "保存(S)"：将当前尺寸系统变量的设置作为一种尺寸标注样式来命名保存。

◆ "恢复(R)"：将用户保存的某一尺寸标注样式恢复为当前样式。

◆ "状态(ST)"：用于查看当前各尺寸系统变量的状态。选择该选项，可切换到文本窗口，并显示各尺寸系统变量及其当前设置。

◆ "变量(V)"：显示指定标注样式或对象的全部或部分尺寸系统变量及其设置。

◆ "应用(A)"：可以根据当前尺寸系统变量的设置更新指定的尺寸对象。

◆ "？"：显示当前图形中命名的尺寸标注样式。

6.5.5　尺寸关联

当使用尺寸关联的模式标注尺寸时，如果图形发生了变化，其尺寸也会相应地自动改变，这就是尺寸关联的好处，如图6-76所示。

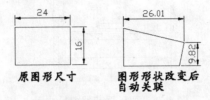

图6-76　尺寸关联

在默认情况下，系统是自动尺寸关联的，但是如果发现改变形状后系统没有进行尺寸关联，可输入变量"dimassoc"进入尺寸关联设置。输入"1"表示非关联标注（在其测量的几何对象被修改时不发生改变）；输入"2"表示关联标注；输入"0"表示已分解的标注。此时输入"2"即可。

6.5.6　折断标注

当尺寸线经过标注文字时，可以把尺寸线经过文字的那一部分折断，其方法如图6-77所示。

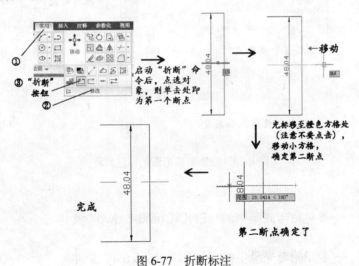

图6-77　折断标注

6.6　实例·操作——变压器装配图尺寸标注

下面对变压器装配图进行尺寸标注，效果如图6-78所示。

视频教学

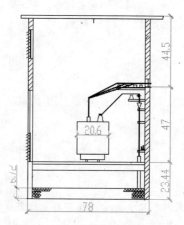

图 6-78　变压器装配图尺寸标注

【思路分析】

这是一张变压器的施工装配图，首先应当把标注箭头样式设置为"建筑标记"，然后启动线性标注命令标注底部的宽度，接着用连续标注的方法来标注装配图中的高度尺寸，最后再对设备中的一些细小部位进行标注完善，如图 6-79 所示。

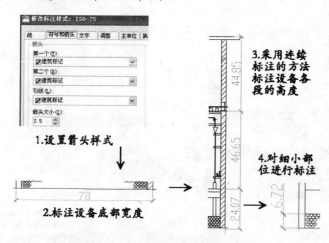

图 6-79　变压器装配图的标注流程

【光盘文件】

【操作步骤】

（1）设置标注箭头样式：在"新建（修改、替代）标注样式"对话框中选择"符号和箭头"选项卡，在"箭头"选项组的"第一个"、"第二个"和"引线"下拉列表框中均选择"建筑标记"，如图 6-80 所示。

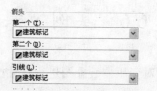

图 6-80　箭头样式修改

视频教学

（2）启动"线性标注"命令⊟，对设备底部的宽度进行标注，如图6-81所示。

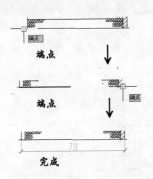

图6-81　底部尺寸宽度

（3）对设备的高度进行连续尺寸标注（在启动"连续标注"命令之前，先对其中的第一个高度进行线性标注⊟，然后启动连续标注⊞），如图6-82所示。

（4）标注装配图中细小的部位，如设备底部土石的高度、变压器外壳的宽度等，使整张标注图纸更加完善，如图6-83所示。

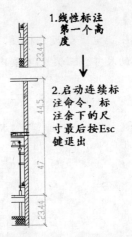

1.线性标注第一个高度

2.启动连续标注命令，标注余下的尺寸最后按Esc键退出

图6-82　标注设备高度

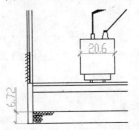

图6-83　细小的部位标注完善

6.7　实例·练习——基建尺寸标注

下面对变电所的低压配电室进行基建尺寸标注，效果如图6-84所示。

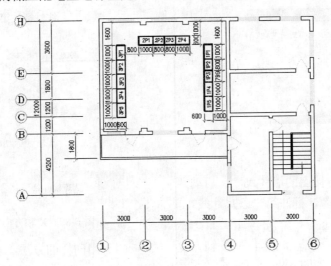

图6-84　低压配电室基建尺寸标注

【思路分析】

对于低压配电室的尺寸标注，可将其分为 3 个部分：一是 X 轴方向上墙体的尺寸；二是 Y 轴方向上墙体的尺寸；三是配电室内各设备的尺寸关系。其标注流程如图 6-85 所示。

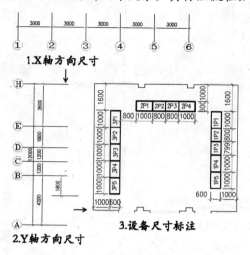

图 6-85　配电室基建尺寸标注流程

【光盘文件】

结果文件 ——参见附带光盘中的"END\Ch6\6-7.dwg"文件

动画演示 ——参见附带光盘中的"AVI\Ch6\6-7.avi"文件

【操作步骤】

（1）设置标注样式。在"符号和箭头"选项卡中，把箭头样式设置为"建筑标记"，如图 6-86 所示。

图 6-87　线性标注第一条尺寸线

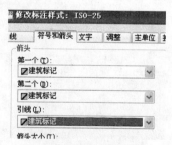

图 6-86　设置箭头样式

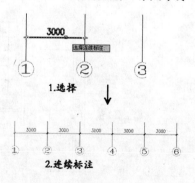

图 6-88　X 轴方向上的尺寸

（2）标注 X 轴方向上的墙体尺寸。启动"线性标注"命令 线性，标注第一条尺寸线，如 图 6-87 所示。

（3）启动"连续标注"命令，对 X 轴方向上的尺寸进行标注，如图 6-88 所示。

（4）用同样的方法，对 Y 轴方向上的尺寸进行标注，如图 6-89 所示。

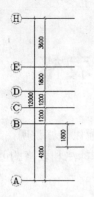

图 6-89　Y 轴方向上的尺寸

（5）采用"线性标注"与"连续标注"命令，对配电室内各设备的尺寸进行标注，效果如图 6-90 所示。

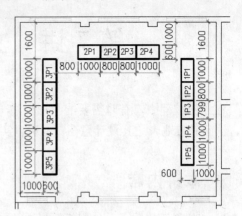

图 6-90　配电室内各设备尺寸标注

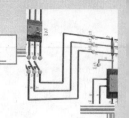
第 7 讲　文本标注及表格

在绘图过程中，有时需要给图形标注一些恰当的文本描述并配以表格说明，以使其更清晰易读，从而完整地表达其设计意图。本讲以实例作引，重点介绍文本标注和表格的创建方法及使用。

本讲内容

▶ 实例·模仿——绘制标题栏　　　　　▶ 实例·操作——添加设备文字标识

▶ 文本标注　　　　　　　　　　　　　▶ 实例·练习——增加技术要求

▶ 绘制表格

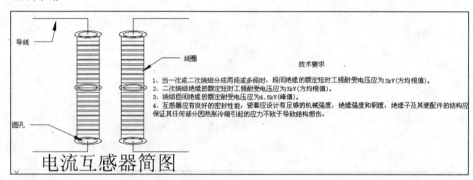

7.1　实例·模仿——绘制标题栏

标题栏是机械制图必需的模块之一，其基本要求、内容、尺寸和格式应遵守 GB/T10609.1—1989 的规定。简化的标题栏如图 7-1 所示。

（图名和机件名称）			（比例）		（图号）	
			（材料牌号）	共　　张　第　　张		
制图	（签名）	（日期）	（校		名）	
审核	（签名）	（日期）	系		班	

图 7-1　标题栏

【思路分析】

绘制标题栏，可综合使用直线工具和矩形工具来完成，也可以通过图块来绘制。不过，笔者建议最好使用表格工具进行绘制，用文字填写。要绘制此标题栏，可先绘制一个 4 行 5 列的表格，再对表格进行高度、宽度修改，最后添加文字。其流程如图 7-2 所示。

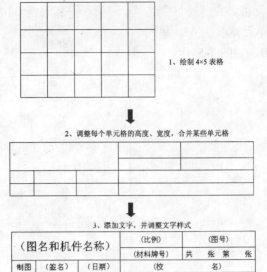

1、绘制 4×5 表格

2、调整每个单元格的高度、宽度，合并某些单元格

3、添加文字，并调整文字样式

（图名和机件名称）		（比例）	（图号）	
		（材料牌号）	共 张 第 张	
制图	（签名）	（日期）	（校 名）	
审核	（签名）	（日期）	系	班

图 7-2　绘制标题栏的流程

【光盘文件】

 结果文件——参见附带光盘中的"END\Ch7\7-1.dwg"文件

动画演示——参见附带光盘中的"AVI\Ch7\7-1.avi"文件

【操作步骤】

（1）选择表格工具▦，绘制一个 4 行 5 列的表格，如图 7-3 所示。

（2）在"常用"功能区的"特性"选项卡中单击"特性"按钮底部的下拉按钮，在弹出的下拉列表中选择"特性"选项，打开"特性"选项板，如图 7-4 所示。

图 7-3　插入表格

图 7-4　打开"特性"选项板

视频教学

（3）单击选中 E1 单元格，在"特性"选项板中调整其特性，设定单元宽度为 42，单元高度为 9，单元边距都为 0，如图 7-5 所示。

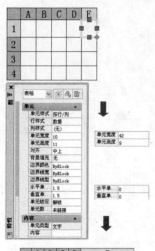

图 7-5　调整 E1 单元格

（4）以类似步骤（3）的方法调整 D1 单元格，设定单元宽度为 36，单元高度为 9，单元边距都为 0，如图 7-6 所示。

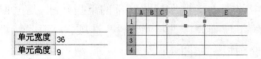

图 7-6　调整 D1 单元格

（5）调整 A3 单元格，如图 7-7 所示。

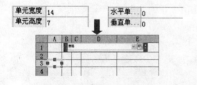

图 7-7　调整 A3 单元格

（6）调整 A4 单元格，如图 7-8 所示。

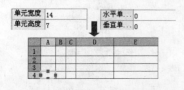

图 7-8　调整 A4 单元格

（7）调整 B3 单元格，如图 7-9 所示。

图 7-9　调整 B3 单元格

（8）将 C3 单元格调整成与 B3 相同，如图 7-10 所示。

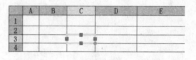

图 7-10　调整 C3 单元格

（9）选中 A1:C2 单元格，利用"合并单元"中的"合并全部"工具合并所选单元格，如图 7-11 所示。

图 7-11　合并 A1:C2 单元格

（10）选中 D3:E3 单元格，利用"合并单元"中的"合并全部"工具合并所选单元格，如图 7-12 所示。

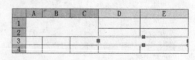

图 7-12　合并 D3:E3 单元格

（11）以同样方法，合并 D4:E4 单元格，完成图框的绘制，如图 7-13 所示。

（12）双击各个单元格，在其中添加文字，并设置其字体样式，最终结果如图 7-14 所示。

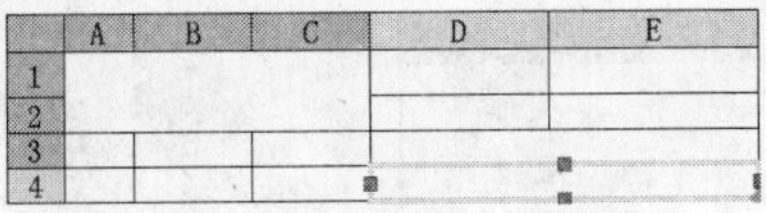

	A	B	C	D	E
1					
2					
3					
4					

图 7-13 合并 D4:E4 单元格

（图名和机件名称）		（比例）		（图号）	
		（材料牌号）		共　张第　张	
制图	（签名）	（日期）	（校	名）	
审核	（签名）	（日期）		系	班

图 7-14 完成标题栏的绘制

7.2　文　本　标　注

 ——参见附带光盘中的 "AVI\Ch7\7-2.avi" 文件

在绘图过程中，有时需要给图形标注一些恰当的文本说明，以使其更清晰易读，从而完整地表达其设计意图。

这里主要学习如何设置字体与字形、单行文本标注和多行文本标注，使用户能熟练地在图形中加入文本说明。

7.2.1　字体与字形的设置

字体是由具有相同构造规律的字母或汉字组成的字库。例如，英文有 Roman、Romantic、Complex、Italic 等字体；汉字有宋体、黑体、楷体等字体。

字形是用户根据自己的需要而定义的具有字体、字符大小、倾斜度、文本方向等特性的文字样式。

可以使用文字样式命令对字体、字形进行设置。可以通过菜单栏、功能区、命令行等多种方式启动文字样式命令，如图 7-15 所示。

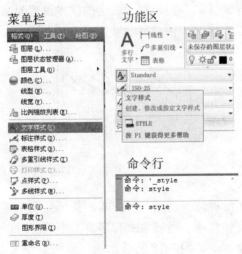

图 7-15　文字样式命令的启动方法

执行文字样式命令后，将打开"文字样式"对话框，在其中可以设置字体、大小、高度、效果等参数，如图 7-16 所示。

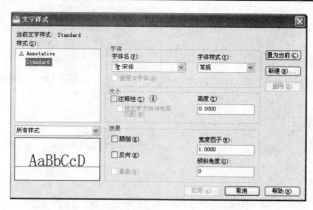

图 7-16　文字样式对话框

其中各项含义介绍如下。

◆　样式（S）：以列表的形式列出图形中的样式，其中包括已定义的样式名并默认显示选择的当前样式。要更改当前样式，可以该列表中选择另一种样式，或者单击"新建"按钮以创建新样式。样式名前的△图标指示样式是注释性。

◆　字体：选择系统配置的一种字体名（F），并指定字体样式（Y），如选择"斜体"、"粗体"或者"常规"。

◆　大小：选中"注释性〔I〕"复选框表示了解注释性对象的详细信息。"高度（T）"文本框用于根据输入的值设置文字高度。如果输入的值大于 0，则按输入的值设定文字高度；如果输入的值等于 0，则按上次使用的高度设定文字高度。

◆　效果：可以设置"颠倒（E）"、"反向（K）"以及"宽度因子（W）"和"倾斜角度（O）"。其中"宽度因子（W）"文本框用于设定文字间距，其值大于 1.0 时表示扩大文字，小于 1.0 时表示压缩文字；对于"倾斜角度（O）"，可以在-85～85 之间设置倾斜的角度。

◆　置为当前：将在"样式（S）"列表框中选定的样式设置为当前样式。

通过"文字样式"对话框设置的一种文字效果如图 7-17 所示。

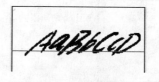

图 7-17　文字效果

7.2.2　单行文本标注

利用单行文字命令可为图形标注一行或几行文本，每一行文本作为一个实体。此外，还可以设置文本的当前文字样式、旋转角度、对齐方式和字符大小等。可以通过菜单栏、功能区、命令行等多种方式启动单行文字命令，如图 7-18 所示。

执行单行文字命令时，系统会在命令行中提示"当前文字样式：　　　文字高度：　　　注释性："，并要求用户"指定文字的起点或[对正(J)/样式(S)]："。

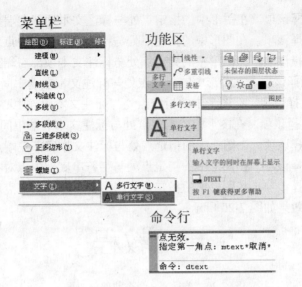

图 7-18　单行文字命令的启动方法

当用户输入"J"（对正）命令时，系统会提示"[对齐(A)/布满(F)/居中(C)/中间(M)……]"，如图 7-19 所示。

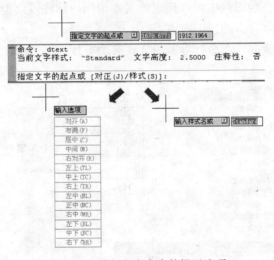

图 7-19　单行文字命令的提示选项

其中各项功能分别介绍如下。

◆　对正(J)：控制文字的对正。

◆　样式(S)：指定文字样式，文字样式决定文字字符的外观。创建的文字使用当前文字样式。

◆　对齐(A)：通过指定基线端点来指定文字的高度和方向。

◆　布满(F)：指定由两点规定的长度，指定文字高度，构成一个输入文字的范围。

◆　居中(C)：选择该项后，标注文本中点与指定点对齐。

◆　中间(M)：选择该项后，标注文本的文本中心和高度中心与指定点对齐。

◆　右对齐(R)：选择该项，在图形中的指定点处与文本基线的右端对齐。

视频教学

- ◆ 左上(TL)：选择该项，在图形中的指定点处与标注文本顶部左端点对齐。
- ◆ 中上(TC)：选择该项，在图形中的指定点处与标注文本顶部中点对齐。
- ◆ 右上(TR)：选择该项，在图形中的指定点处与标注文本顶部右端点对齐。
- ◆ 左中(ML)：选择该项，在图形中的指定点处与标注文本左端中间点对齐。
- ◆ 正中(MC)：选择该项，在图形中的指定点处与标注文本中部中心点对齐。
- ◆ 右中(MR)：选择该项，在图形中的指定点处与标注文本右端中间点对齐。
- ◆ 左下(BL)：选择该项，在图形中的指定点处与标注文本底部左端点对齐。
- ◆ 中下(BC)：选择该项，在图形中的指定点处与字符串底部中点对齐。
- ◆ 右下(BR)：选择该项，在图形中的指定点处与字符串底部右端点对齐。

单行文字命令部分效果如图 7-20 所示。

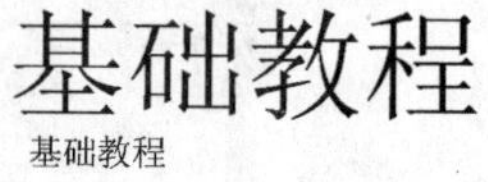

基础教程

基础教程

图 7-20　单行文字命令的部分效果

7.2.3　多行文本标注

利用多行文字命令可在绘图区中用户指定的文本边框内标注段落型文本，并将其作为一个实体。指定的边框决定了段落文本的左、右边界。

可以通过菜单栏、功能区、命令行等多种方式启动多行文字命令，如图 7-21 所示。

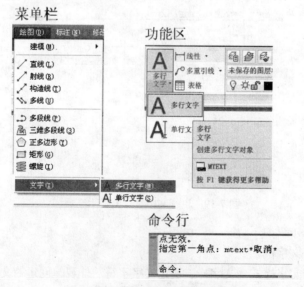

图 7-21　多行文字的启动方法

执行多行文字命令时，系统会在命令行中提示"当前文字样式：　文字高度：　注释性："，并要求用户"指定第一角点："、"指定对角点或[高度(H)/对正(J)/行距(L)/旋转(R)/样式(S)/宽度(W)/栏(C)]："，如图 7-22 所示。

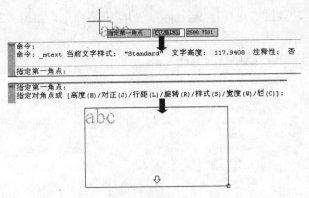

图 7-22　多行文字命令的参数选项

其中各项功能分别介绍如下。

◆　对角点：拖动定点设备指定对角点时，屏幕上将出现一个矩形，显示出多行文字对象的位置和尺寸。矩形内的箭头指示段落文字的走向。

◆　高度(H)：指定多行文字的字符高度。

◆　对正(J)：根据文字边界，确定新文字或选定文字的对齐方式和走向。当前的对正方式（默认是左上）被应用到新文字中。根据对正设置和矩形上的 9 个对正点之一将文字在指定矩形中对正。对正点由用来指定矩形的第一点决定。文字根据其左右边界居中对正、左对正或右对正。在一行末尾输入的空格是文字的一部分，并会影响该行的对正。文字走向根据其上下边界控制文字是与段落中央、段落顶部还是与段落底部对齐。

◆　行距(L)：指定多行文字对象的行距。行距是指一行文字的底部（或基线）与下一行文字底部之间的垂直距离。

◆　旋转(R)：指定文字边界的旋转角度。

◆　样式(S)：指定多行文字的文字样式。

◆　宽度(W)：指定文字边界的宽度。

◆　栏(C)：指定多行文字对象的栏选项。

多行文字命令效果如图 7-23 所示。

图 7-23　多行文字命令效果

7.3　绘 制 表 格

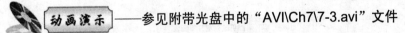——参见附带光盘中的 "AVI\Ch7\7-3.avi" 文件

　　表格是在行和列中包含数据的对象。可以使用表格命令创建表格并设置其样式，还可以将表格链接至 Microsoft Excel 电子表格中的数据。

视频教学

可以通过菜单栏、功能区、命令行等多种方式启动表格命令，如图 7-24 所示。

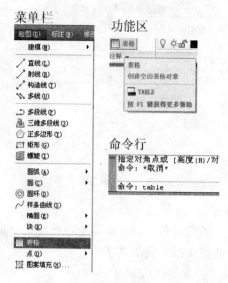

图 7-24　表格命令的启动方法

　　表格创建完成后，用户可以单击该表格上的任意网格线选中该表格，然后通过"特性"选项板或夹点对其进行修改，如图 7-25 所示。

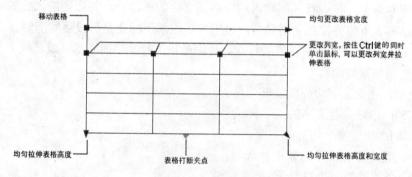

图 7-25　表格操作 1

　　更改表格的高度或宽度时，只有与所选夹点相邻的行或列会改变，表格大小保持不变。要根据正在编辑的行或列的大小按比例更改表格的大小，可在使用列夹点时按 Ctrl 键，如图 7-26 所示。

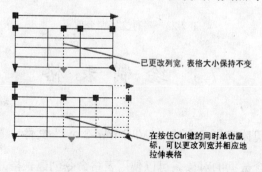

图 7-26　表格操作 2

视频教学

相关功能介绍如下。

◆ 打断：可以将包含大量数据的表格打断成主要和次要的表格片断。通过表格底部的表格
打断夹点，可以使表格覆盖图形中的多列或对已创建的不同表格部分进行操作。

◆ 修改表格中的单元：在单元格内单击可以将其选中，此时在单元格边框的中央将显示夹
点。在另一个单元格内单击，可以将选中的内容移到该单元格。拖动单元格边框上的夹
点可以改变单元格及其列或行的大小。

对表格中单元格的操作如图 7-27 所示。

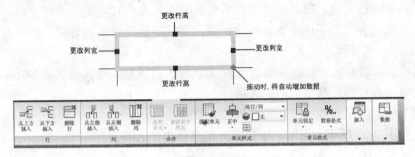

图 7-27　单元格操作

对单元格进行操作时，将用到如图 7-2 所示工具栏中的多种工具。其功能分别介绍如下。

◆ 从上方插入：在当前选定单元格或行的上方插入行。

◆ 从下方插入：在当前选定单元格或行的下方插入行。

◆ 删除行：删除当前选定行。

◆ 从左侧插入：在当前选定单元格或行的左侧插入列。

◆ 从右侧插入：在当前选定单元格或行的右侧插入列。

◆ 删除列：删除当前选定列。

◆ 合并单元：将选定单元格合并到一个大单元格中。

◆ 取消合并单元：对之前合并的单元格取消合并。

◆ 匹配单元：将选定单元格的特性应用到其他单元格。

◆ 单元样式：列出包含在当前表格样式中的所有单元格样式。单元格样式标题、表头和数
据通常包含在任意表格样式中且无法删除或重命名。

◆ 单元边框：设置选定表格单元格的边界特性。

◆ 对齐：对单元格内的内容指定对齐方式。内容相对于单元格的顶部边框和底部边框进行
居中对齐、上对齐或下对齐。内容相对于单元格的左侧边框和右侧边框居中对齐、左对
齐或右对齐。

◆ 背景填充：指定填充颜色。可选择"无"或一种背景色；也可单击"选择颜色"按钮以
显示"选择颜色"对话框。

◆ 单元锁定：锁定单元格内容和/或格式（无法进行编辑）或对其解锁。

◆ 显示数据类型列表（"角度"、"日期"、"十进制数"等），从而设置表格行的格式。

◆ 预览：显示在"格式"列表中选定项的预览效果。

◆ 格式：根据选择的数据类型显示相关格式类型列表。例如，如果选择"角度"作为数据
类型，将显示"十进制度数"、"百分度"、"弧度"等选项。

◆ 精度：仅适用于"角度"、"十进制数"和"点"数据类型，设置所用格式的精度。例如，如果选择"角度"作为数据类型，选择"弧度"作为格式类型，将显示"当前精度"、0.0r、0.00r、0.000r 等选项。

◆ 块：将显示"插入"对话框，可将块插入当前选定的表格单元格中。

◆ 字段：将显示"字段"对话框，可将字段插入当前选定的表格单元格中。

◆ 公式：将公式插入当前选定的表格单元格中。公式必须以等号（=）开始。用于求和、求平均值和计数的公式将忽略空单元格以及未解析为数值的单元格。如果在算术表达式中的任何单元格为空，或者包含非数字数据，则其他公式将显示错误（#）。

◆ 管理单元内容：显示选定单元格的内容。可以更改单元格内容的次序以及单元格内容的显示方向。

◆ 链接单元：将显示"新建和修改 Excel 链接"对话框，可将数据从 Microsoft Excel 中创建的电子表格链接至图形中的表格。

◆ 从源下载：按照源数据更新表格单元格中的数据。

表格效果如图 7-28 所示，可对其中的单元格进行上述各种操作。

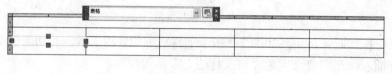

图 7-28　表格效果

7.4　实例·操作——添加设备文字标识

在图纸中，文字注释是必不可少的，通常是关于图纸的一些技术要求和其他的相关说明。可以应用文字工具或其他工具创建文字注释。下面应用多重引线及单行文字工具对第 3 讲的练习用图进行操作，添加设备文字标识，如图 7-29 所示。

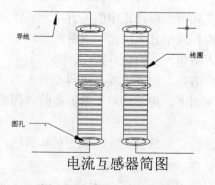

图 7-29　电流互感器简图

【思路分析】

该实例操作比较简单，主要是加深读者对文字标注的认识，以启发读者，达到融会贯通的目的。首先设置多重引线的样式（包括箭头大小、字体高度等），然后指定引线位置，添加文字，再使用单行文字工具添加整图标题即可。标注流程如图 7-30 所示。

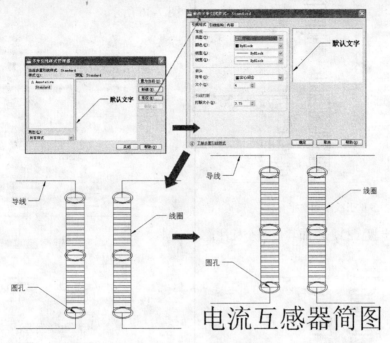

图 7-30　添加文字标注操作流程

【光盘文件】

 结果文件——参见附带光盘中的"END\Ch7\7-4.dwg"文件

 动画演示——参见附带光盘中的"AVI\Ch7\7-4.avi"文件

【操作步骤】

（1）将第 3 讲的练习用图进行复制，添加到新图纸上，如图 7-31 所示。

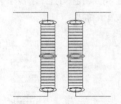

图 7-31　添加要标注的图

（2）单击"多重引线样式"按钮，修改多重引线样式，如图 7-32 所示。

（3）单击"多重引线"按钮，指定引线箭头的位置和引线长度，并输入标注文字（箭头大小、文字高度在步骤（2）设置），如图 7-33 所示。

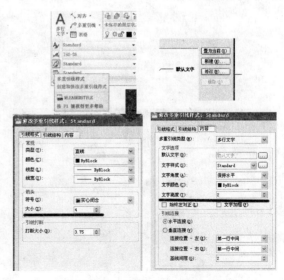

图 7-32　设置多重引线样式

视频教学

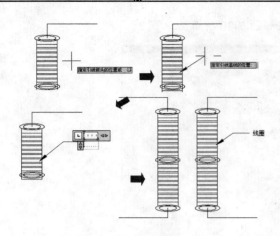

图 7-33　多重引线添加文字标注

（4）按照步骤（3），添加其他两个标注，如图 7-34 所示。

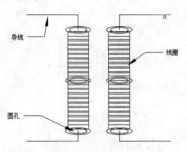

图 7-34　添加其他两个标注

（5）单击"文字样式"按钮，设置文字的样式，如图 7-35 所示。

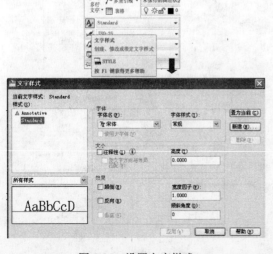

图 7-35　设置文字样式

（6）使用单行文字工具添加标题，如图 7-36 所示。

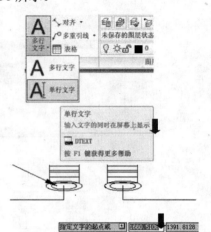

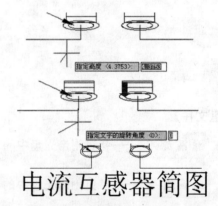

电流互感器简图

图 7-36　使用单行文字工具添加标题

（7）选定添加的标题"电流互感器简图"，按住鼠标左键将其拖动至图形中间，完成文字标识，如图 7-37 所示。

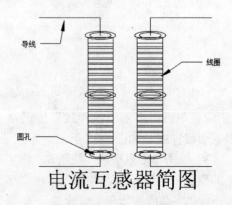

电流互感器简图

图 7-37　完成文字标识

7.5 实例·练习——增加技术要求

在正规的电气图纸中，添加技术要求是很重要的一步，它对机械部件的制造起着指导性作用，直接关系到产品质量是否合格。基本示例如图 7-38 所示。

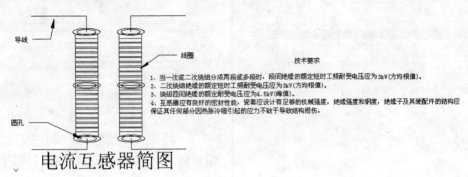

图 7-38 增加技术要求

【思路分析】

要添加"技术要求"文字标注，只需使用多行文字工具就可以完成。其中包括设置字体的大小，以及标注内容的段落对齐等，操作流程如图 7-39 所示。

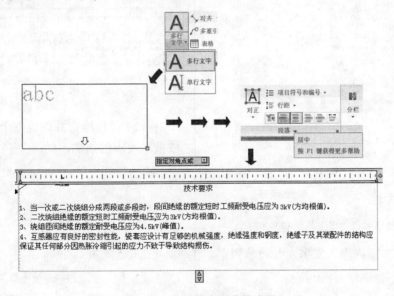

图 7-39 添加技术要求的流程

【光盘文件】

结果文件 —— 参见附带光盘中的"END\Ch7\7-5.dwg"文件

动画演示 —— 参见附带光盘中的"AVI\Ch7\7-5.avi"文件

视频教学

【操作步骤】

（1）单击"文字样式"按钮A，设置文字的样式，如图7-40所示。

图7-40　设置文字样式

（2）利用多行文字工具A绘制文本框，如图7-41所示。

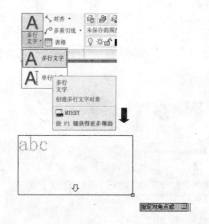

图7-41　利用多行文字工具绘制文本框

（3）在文本框内输入文字，并调节列宽、行宽，如图7-42所示。

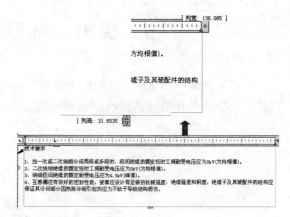

图7-42　输入文字

（4）利用"段落"选项卡中的相应工具按钮对输入文字进行排版，结果如图7-43所示。

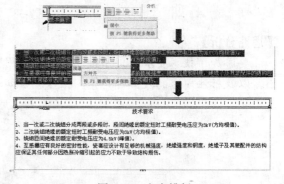

图7-43　文字排版

（5）最后检查并调整整个文本的位置，完成技术要求的添加，如图7-44所示。

图7-44　最终效果

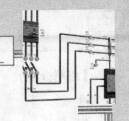

第8讲　输电线路工程的绘制

　　输电线路的主要组件有塔杆、横担、导线、避雷线、金具、绝缘子和接地装置,附属设备有保线站、绝缘载波地线和载波通信设备等。本章选取部分典型组件(塔杆、金具和绝缘子),以其绘制方法为例,详细讲解输电线路工程的一般绘制流程和要点。

 本讲内容

- ➥ 实例·模仿——塔杆的绘制
- ➥ 输电线路工程的一般绘制流程
- ➥ 输电线路工程绘制要点
- ➥ 实例·操作——金具的绘制
- ➥ 实例·练习——绝缘子的绘制

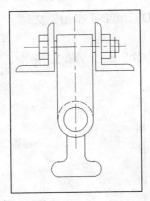
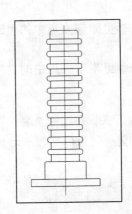

8.1　实例·模仿——塔杆的绘制

　　在输电线路中,塔杆主要分为钢筋混凝土塔杆和铁塔两大类,按其作用及受力又可分为直线塔杆和承力塔杆两种。在此介绍"干"字形铁塔示意图的绘制,其外形如图 8-1 所示。

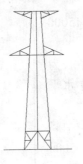

图 8-1　"干"字形铁塔

视频教学

【思路分析】

该"干"字形铁塔示意图绘制起来较为容易，综合运用前面所讲的绘制直线和镜像命令等即可完成绘制，其流程如图 8-2 所示。

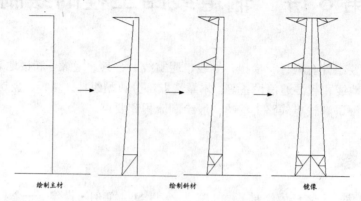

图 8-2　绘制铁塔的流程

【光盘文件】

 结果文件——参见附带光盘中的"END\Ch8\8-1.dwg"文件

 动画演示——参见附带光盘中的"AVI\Ch8\8-1.avi"文件

【操作步骤】

（1）打开对象捕捉开关，并选中"端点"、"中点"、"圆心"和"交点"为捕捉模式，如图 8-3 所示。

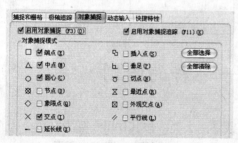

图 8-3　设置捕捉模式

（2）使用直线工具 ／绘制一条长为 15000 的水平直线，如图 8-4 所示。

（3）再次使用直线工具 ／绘制一条长为 30000 的竖直线，其下端点为步骤（2）中水平线的中点，如图 8-5 所示。

（4）使用直线工具 ／，以步骤（3）中竖直线的上端点为右端点，绘制一条长为 5000 的直线，如图 8-6 所示。

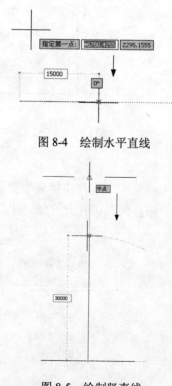

图 8-4　绘制水平直线

图 8-5　绘制竖直线

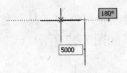

图 8-6　绘制直线

（5）利用偏移工具 ⚎ 将步骤（4）绘制的直线水平向下偏移 9500，如图 8-7 所示。

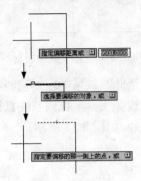

图 8-7　偏移生成直线

（6）将步骤（5）中偏移得到的直线向左延长 1000，如图 8-8 所示。

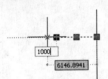

图 8-8　延长直线

（7）利用偏移工具 ⚎ 将步骤（3）中的竖直线分别向左偏移 1000 和 3000，得到两条辅助线，如图 8-9 所示。

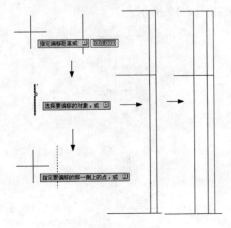

图 8-9　偏移竖直线

（8）使用直线工具 ✎，按照图 8-10 所示连接步骤（7）中偏移得到的两条竖直辅助线。

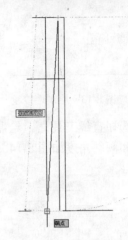

图 8-10　绘制连接线

（9）删除步骤（7）中偏移得到的两条竖直辅助线，如图 8-11 所示。

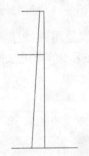

图 8-11　删除辅助线

（10）利用偏移工具 ⚎ 将步骤（4）绘制的直线水平向下偏移 26000，并适当缩短，如图 8-12 所示。

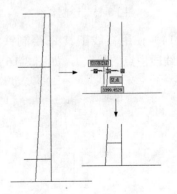

图 8-12　偏移并缩短直线

（11）选择直线工具 ✏，绘制如图 8-13 所示的连接线。

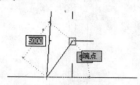

图 8-13　绘制连接线

（12）选择直线工具 ✏，绘制一条斜线，斜线的端点和倾斜角度如图 8-14 所示。

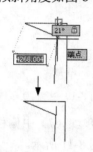

图 8-14　绘制斜线

（13）再次使用直线工具 ✏ 绘制一条斜线，斜线的端点和倾斜角度如图 8-15 所示。

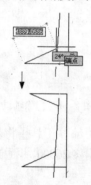

图 8-15　绘制斜线

（14）使用直线工具 ✏ 绘制铁塔的斜材（注意线段中点的拾取），如图 8-16 所示。

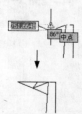

图 8-16　绘制斜材

（15）再次使用直线工具 ✏ 绘制铁塔的其他斜材，结果如图 8-17 所示。

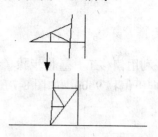

图 8-17　绘制其他斜材

（16）至此，铁塔的左侧已经绘制完成。右侧可使用镜像工具 ⚏ 得到（注意镜像后不能删除源对象），如图 8-18 所示。

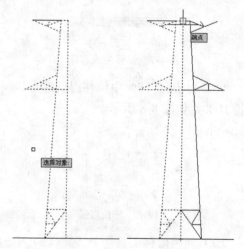

图 8-18　镜像得到右侧

（17）一座铁塔的示意图绘制完成，最终效果如图 8-19 所示。

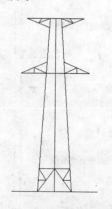

图 8-19　铁塔效果图

8.2 输电线路工程的一般绘制流程

动画演示——参见附带光盘中的"AVI\Ch8\8-2.avi"文件

输电线路工程组件的一般绘制流程如下：

（1）设置图层特性。

（2）绘制中心线和其他辅助线条。

（3）绘制组件大致轮廓。

（4）绘制组件细节部分。

（5）删除多余线条、局部调整，完成绘制。

下面以塔杆、金具、绝缘子的示意图为例，详细介绍输电线路工程组件的一般绘制流程，如图 8-20～图 8-23 所示。

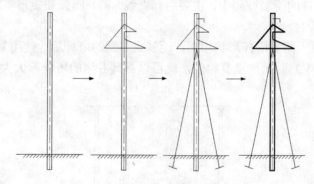

图 8-20　钢筋混凝土直线塔杆绘制流程

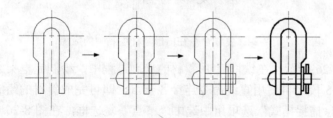

图 8-21　U 形挂环绘制流程

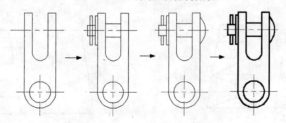

图 8-22　Z 形直角挂板绘制流程

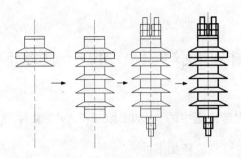

图 8-23　绝缘子绘制流程

8.3　输电线路工程绘制要点

 动画演示——参见附带光盘中的"AVI\Ch8\8-3.avi"文件

在输电线路工程组件的绘制过程中，主要用到直线、圆、圆弧和矩形等绘图命令，以及移动、偏移、镜像和修剪等修改命令。

如图 8-24 所示，由于两侧塔杆形状相同，绘制完左侧的塔杆后，使用复制、粘贴命令（快捷键分别为 Ctrl+C、Ctrl+V）而无须重复绘制，就可以得到右侧的塔杆，大大提高了绘图效率。

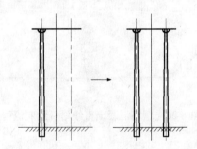

图 8-24　复制命令在门形塔杆绘制中的应用

如图 8-25 和图 8-26 所示，在铁塔 K 形斜材的绘制过程中，绘制完框架之后，使用定数等分命令，将框架等分为 5 段，再使用直线命令连接各节点，即可完成斜材的绘制。绘图时应打开对象捕捉开关，在"对象捕捉模式"选项组中选中"节点"复选框，在图 8-26 中还要选中"中点"复选框。

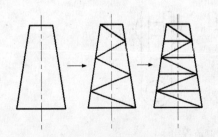

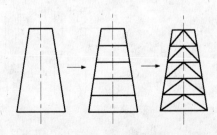

图 8-25　定数等分命令在斜材绘制中的应用（一）　　　图 8-26　定数等分命令在斜材绘制中的应用（二）

由于金具左右两侧高度对称，故右侧图案可由左侧镜像得到。

在绝缘子的绘制过程中，将重复部分阵列 10 份。

8.4 实例·操作——金具的绘制

金具是将塔杆、导线、避雷线、横担和绝缘子连接起来的金属零件。输电线路所使用的金具，按其性能和用途可分为耐张线夹、悬垂挂线点金具、连接金具、接续金具、保护金具和拉线金具6 种。本书以悬垂挂线点金具为例，介绍金具的绘制过程，其外形如图 8-27 所示。

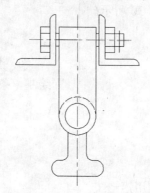

图 8-27 悬垂挂线点金具

【思路分析】

该金具示意图可分为上、下两部分，其中上半部分左右基本对称，可先绘制左侧，再通过镜像得到右侧。综合运用前面所讲的直线、矩形、圆、圆弧、倒圆角和镜像等命令即可完成绘制，其流程如图 8-28 所示。

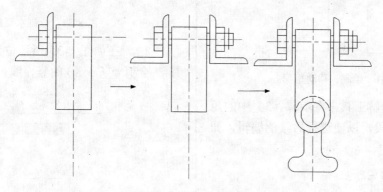

图 8-28 绘制金具的流程

【光盘文件】

结果文件——参见附带光盘中的"END\Ch8\8-4.dwg"文件

动画演示——参见附带光盘中的"AVI\Ch8\8-4.avi"文件

【操作步骤】

（1）单击"图层特性"按钮，新建图层并进行相应的设置，如图 8-29 所示。

图 8-29 设置图层

（2）将"中心线"层设为当前图层，利用直线工具 ╱ 绘制相互垂直的中心线，其中竖直线长约 270、水平线长约 160，如图 8-30 所示。

图 8-30 绘制中心线

（3）将图层 0 设为当前图层，使用矩形工具 □ 绘制一个长 60、宽 120 的矩形，并将其移动到中心线上，如图 8-31 所示。

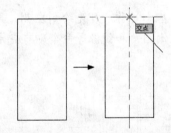

图 8-31 绘制、移动矩形

（4）利用分解工具 将步骤（3）中的矩形分解为 4 条线段，以便进行后续的编辑，如图 8-32 所示。

图 8-32 分解矩形

（5）将原矩形的上边向上移动 20，并将两条竖直的边向上延长，如图 8-33 所示。

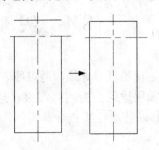

图 8-33 移动、延长边

（6）使用直线工具 ╱ 在如图 8-34 所示位置绘制一条长 30 的水平线。

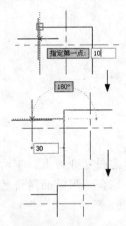

图 8-34 绘制水平线

（7）在如图 8-35 所示位置，使用直线工具 ╱ 绘制一条长 40 的竖直线。

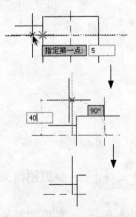

图 8-35 绘制竖直线

（8）使用偏移工具 将步骤（7）中绘制的竖直线向左偏移10，如图8-36所示。

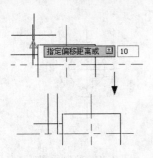

图 8-36　偏移竖直线

（9）使用直线工具 绘制连接线，如图8-37所示。

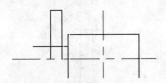

图 8-37　绘制连接线

（10）再次使用直线工具 绘制如图8-38所示的两条线段。

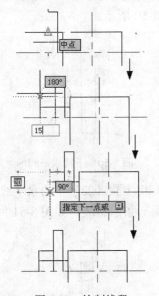

图 8-38　绘制线段

（11）利用镜像工具 ，对前几步得到的直线进行镜像（注意不能删除源对象），结果如图8-39所示。

（12）利用矩形工具绘制一个长65、宽10的矩形，并移动到如图8-40所示位置。

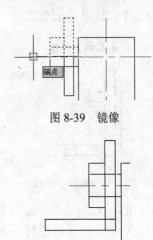

图 8-39　镜像

图 8-40　绘制、移动矩形

（13）利用修剪工具 对图形进行相应的修整，结果如图8-41所示。

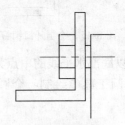

图 8-41　修剪图形

（14）利用圆角工具 进行倒圆角操作，其中倒圆角半径为10，结果如图8-42所示。

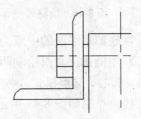

图 8-42　倒圆角

（15）利用镜像工具 ，对前几步得到的图形进行镜像，得到右半部分（镜像时不能删除源对象），如图8-43所示。

（16）将右矩形框内的两条水平线段向右延长15，并使用直线工具 连接，如图8-44所示。

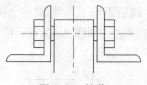

图 8-43 镜像

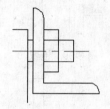

图 8-44 延长、连接

（17）使用直线工具／绘制一条长约 35 的竖直线，作为金具的开口销钉，如图 8-45 所示。

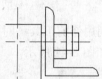

图 8-45 绘制开口销钉

（18）以底部水平线的中点为圆心、20 为半径，利用圆工具⊙绘制一个圆，如图 8-46 所示。

图 8-46 绘制圆

（19）以底部水平线的中点为圆心、水平线为半径，利用圆弧工具╱绘制两个半圆（注意选择起点、圆心、端点模式），并将上半圆的线型改为虚线，结果如图 8-47 所示。

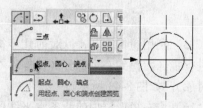

图 8-47 绘制圆弧

（20）以底部水平线的中点为上端点，使用直线工具／绘制一条长为 70 的垂直线，如图 8-48 所示。

图 8-48 绘制垂直线

（21）将步骤（20）绘制的垂直线分别向左、右偏移 15，如图 8-49 所示。

图 8-49 偏移

（22）利用移动工具✛将底部水平线下移 70，如图 8-50 所示。

图 8-50 下移水平线

（23）将步骤（22）中的水平线向下偏移 25，得到另一条水平线，如图 8-51 所示。

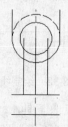

图 8-51 偏移水平线

（24）删除多余线段，然后利用修剪工具 对图形进行相应的修整，结果如图 8-52 所示。

图 8-52　修剪多余线段

（25）利用圆角工具 进行倒圆角操作，其中倒圆角半径设为 10，如图 8-53 所示。

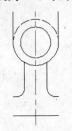

图 8-53　倒圆角

（26）利用圆弧工具 绘制两个半圆（注意选择"起点、端点、角度"模式），如图 8-54 所示。

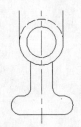

图 8-54　圆弧连接

（27）全此，一个悬垂挂线点金具绘制完成，最终效果如图 8-55 所示。

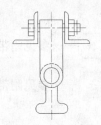

图 8-55　金具效果图

8.5　实例·练习——绝缘子的绘制

目前输配电线路使用的绝缘子按外形主要分为盘式绝缘子和长棒型绝缘子，盘式绝缘子按材质又可分为盘式瓷绝缘子和钢化玻璃绝缘子；按结构可分为支柱绝缘子、套管绝缘子、悬式绝缘子和防污型绝缘子。

下面以支柱绝缘子为例，介绍绝缘子的绘制过程，其外形如图 8-56 所示。

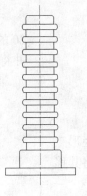

图 8-56　支柱绝缘子

视频教学

【思路分析】

　　本实例要绘制的是一个支柱绝缘子的简化图形，由底座和上部分组成。可考虑先绘制底座，然后利用具有复制效果的命令对上部分的子部分进行复制，从而快速绘制图形上部分。其绘制流程如图 8-57 所示。

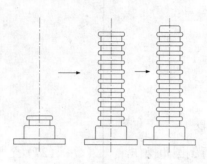

图 8-57　绘制绝缘子的流程

【光盘文件】

 结果文件——参见附带光盘中的 "END\Ch8\8-5.dwg" 文件

 动画演示——参见附带光盘中的 "AVI\Ch8\8-5.avi" 文件

【操作步骤】

　　（1）单击"图层特性"按钮，新建图层并进行相应的设置，如图 8-58 所示。

状	名称	开	冻结	锁定	颜色	线型	线宽
✓	0	☼	☼	🔓	■白	Continuous	—— 默认
🖉	中心线	☼	☼	🔓	■红	CENTER	—— 默认

图 8-58　设置图层

　　（2）将"中心线"层设为当前图层，利用直线工具╱绘制一条长约 500 的竖直中心线，如图 8-59 所示。

图 8-59　绘制中心线

　　（3）将 0 图层设为当前图层，使用矩形工具▭绘制一个长 200、宽 20 的矩形，并将其移动到中心线上，如图 8-60 所示。

　　（4）再次使用矩形工具▭绘制一个长 120、宽 50 的矩形，并将其移动到中心线上，如图 8-61 所示。

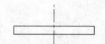

图 8-60　绘制、移动矩形（一）

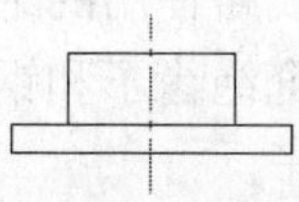

图 8-61　绘制、移动矩形（二）

　　（5）使用矩形工具▭绘制一个长 80、宽 20 的矩形，再绘制一个长 100、宽 15 的矩形，并将它们移动到中心线上，如图 8-62 所示。

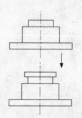

图 8-62　绘制、移动矩形

（6）利用圆角工具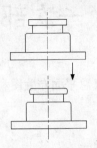进行倒圆角操作，倒圆角半径为 10，结果如图 8-63 所示。

图 8-63　倒圆角

（7）使用阵列工具进行阵列操作，选择矩形阵列，行数为 10、列数为 1、行偏移为 35，如图 8-64 所示。

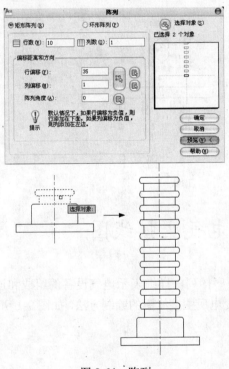

图 8-64　阵列

（8）使用矩形工具绘制一个长 80、宽 25 的矩形，并将其移动到中心线上，如图 8-65 所示。

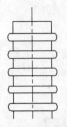

图 8-65　绘制矩形

（9）利用圆角工具进行倒圆角操作，倒圆角半径为 7.5，如图 8-66 所示。

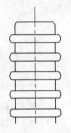

图 8-66　倒圆角

（10）至此，一个支柱绝缘子绘制完成，最终效果如图 8-67 所示。

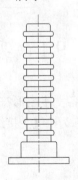

图 8-67　绝缘子效果图

视频教学

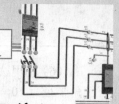
第9讲 变电工程应用实例（一次部分）

本讲将针对供变电工程中的一次部分，以电气主接线图、电气总平面布置图和变电所断面图为例，介绍其绘制过程，并分析结构图绘制的一般流程和要点。

 本讲内容

- ❯ 实例·模仿——电气主接线图
- ❯ 结构图的一般绘制流程
- ❯ 结构图绘制要点

- ❯ 实例·操作——电气总平面布置图
- ❯ 实例·练习——变电所断面图

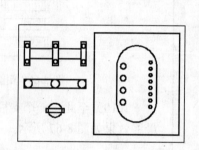 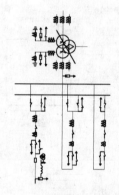

9.1 实例·模仿——电气主接线图

用规定的设备文字图形符号将各电气设备按连接顺序排列，详细表示电气设备的组成和连接关系的接线图，称为电气主接线图。本节将介绍 110kV 变电所主接线图的绘制方法，如图 9-1 所示。

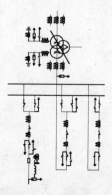

图 9-1　电气主接线图

【思路分析】

电气主接线图主要由母线、出线部分、主变部分、母联部分和变压器部分组成。先绘制各电气组件，再依次绘制各个部分即可。其绘制流程如图 9-2 所示。

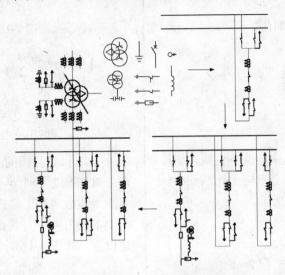

图 9-2 绘制电气主接线图的流程

【光盘文件】

 结果文件 ——参见附带光盘中的"END\Ch9\9-1.dwg"文件

 动画演示 ——参见附带光盘中的"AVI\Ch9\9-1.avi"文件

【操作步骤】

（1）单击"图层特性"按钮，新建"电气组件符号"和"母线"两个图层，如图 9-3 所示。

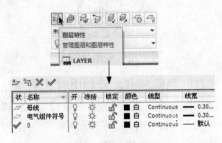

图 9-3 新建图层

（2）切换至"电气组件符号"图层，依次绘制变压器、电容式电压互感器、接地符号、隔离开关、接地开关、避雷器和断路器等电气组件符号。首先绘制变压器符号。在"电气组件符号"层中，使用圆工具绘制一个半径为

8 的圆，再使用复制工具复制该圆，并向下移动 12，如图 9-4 所示。

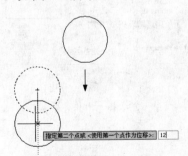

图 9-4 绘制复制圆

（3）使用直线工具在两个圆内绘制水平线和竖直线，如图 9-5 所示。

（4）使用圆工具绘制一个半径为 8 的圆，并使用移动工具移动到合适位置，如图 9-6 所示。

视频教学

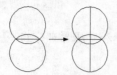

图 9-5　绘制直线

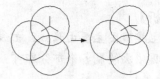

图 9-9　绘制直线

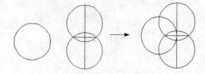

图 9-6　绘制、移动圆

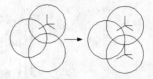

图 9-10　复制、移动直线

（5）删除步骤（3）中的两条直线，再以最上面圆的圆心为端点，竖直向上绘制一条长度为 4 的直线，如图 9-7 所示。

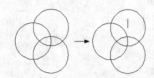

图 9-7　绘制直线

（6）选择阵列工具▦，以最上面圆的圆心为中心点，将步骤（5）中的竖直线环形阵列 3 条，如图 9-8 所示。

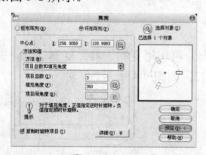

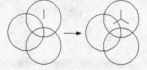

图 9-8　环形阵列直线

（7）以 3 条直线的交点为左端点，使用直线工具╱绘制一条长为 3 的水平直线，如图 9-9 所示。

（8）使用复制工具🗗复制这 4 条直线，并竖直向下移动 12，如图 9-10 所示。

（9）以左侧圆的圆心为圆心，使用正多边形工具⬠绘制一个半径为 4 的内接正三角形（输入边数"3"，选择圆心、内接于圆，指定圆的半径为 4），并将此三角形旋转、左移到合适位置，如图 9-11 所示。

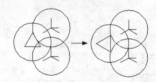

图 9-11　绘制、移动三角形

（10）至此，变压器符号绘制完成。单击"显示/隐藏线宽"按钮，显示线宽，效果如图 9-12 所示。

图 9-12　变压器符号

（11）隐藏线宽，绘制电容式电压互感器符号。使用直线工具╱绘制一条长为 15 的水平直线，如图 9-13 所示。

（12）使用直线工具╱绘制 4 条长为 4 的竖直线，相互间隔分别为 2、4、2，如图 9-14 所示。

──────　　‖‖‖

图 9-13　绘制直线　　图 9-14　绘制竖直线

（13）使用移动工具 ✛ 将步骤（12）中的 4 条竖直线移动到水平线上，并使用修剪工具 ✄ 修剪图形，如图 9-15 所示。

图 9-15　移动、修剪

（14）使用直线工具 ✏ 绘制一条长为 10 的竖直线，再使用圆工具 ⊘ 绘制 3 个半径为 5 的圆（圆的绘制方法参见变压器符号绘制中的讲解），如图 9-16 所示。

图 9-16　绘制直线、圆

（15）使用直线工具 ✏ 在圆内绘制 3 条长为 5 的水平直线，如图 9-17 所示。

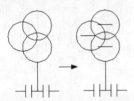

图 9-17　绘制直线

（16）至此，电容式电压互感器符号绘制完成，效果如图 9-18 所示。

（17）利用直线工具 ✏ 绘制一条长为 15 的竖直线，在其下侧再绘制 3 条长度分别为 7.5、5、2.5 的水平直线，间隔为 2.5，完成接地符号的绘制，如图 9-19 所示。

图 9-18　电容式电压互感器　　图 9-19　接地符号

（18）下面绘制隔离开关。利用直线工具 ✏ 绘制一条长为 15 的水平线，再绘制斜线和垂线，如图 9-20 所示。

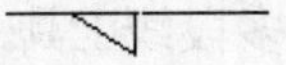

图 9-20　绘制直线

（19）使用移动工具 ✛ 和修剪工具 ✄ 对图形进行修整，如图 9-21 所示。

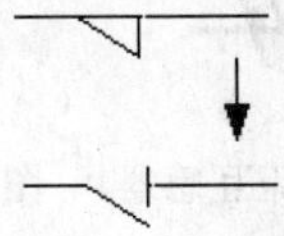

图 9-21　修整图形

（20）利用多段线工具 ⌐ 在斜线下方绘制一个向上的箭头，如图 9-22 所示。

（21）将上述的接地符号旋转 90°，适当调整缩放比例并接于图 9-22 的左侧，隔离开关绘制完成，如图 9-23 所示。

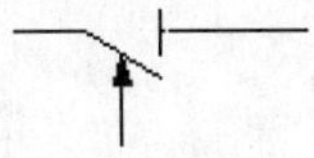

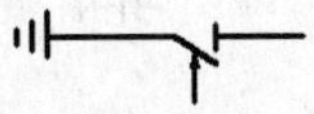

图 9-22　绘制箭头　　图 9-23　隔离开关

（22）去除图 9-23 中的箭头，即可得到接地开关的符号，如图 9-24 所示。

（23）使用矩形工具 ▭ 绘制一个长为 8、宽为 4 的矩形，再使用多段线工具 ⌐ 绘制一个水平的箭头，如图 9-25 所示。

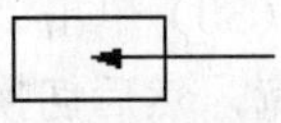

图 9-24　接地开关　　图 9-25　绘制矩形、箭头

（24）在图 9-25 左侧添加一个接地符号，避雷器符号绘制完成，如图 9-26 所示。

（25）与绘制接地开关的方法类似，绘制断路器，如图 9-27 所示。

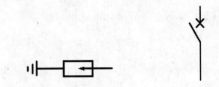

图 9-26　避雷器符号　　图 9-27　绘制断路器

（26）使用圆工具 ⊘、直线工具 ✏ 绘制电

流互感器，如图 9-28 所示。

（27）使用多段线工具 ↘ 绘制电感线圈，
如图 9-29 所示。

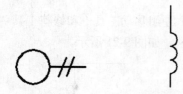

图 9-28　电流互感器　图 9-29　电感线圈

（28）至此，电气主接线图中需要使用的
电气组件符号绘制完成，如图 9-30 所示。

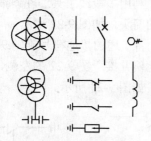

图 9-30　电气组件符号

（29）切换到"母线"图层，利用直线工
具 ✎ 绘制两条母线，如图 9-31 所示。

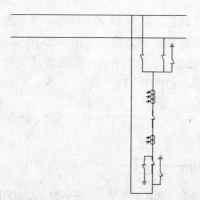

图 9-31　绘制母线

（30）单击"显示/隐藏线宽"按钮 ✚，隐
藏线宽，然后切换到图层 0，绘制主变部分，
如图 9-32 所示。

图 9-32　绘制主变部分

（31）绘制母联部分，如图 9-33 所示。

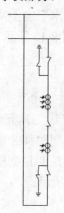

图 9-33　绘制母联部分

（32）绘制出线部分，如图 9-34 所示。

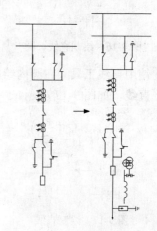

图 9-34　绘制出线部分

（33）绘制母线以上部分，如图 9-35 所示。

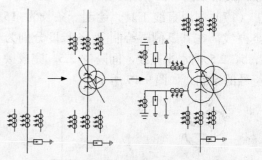

图 9-35　母线以上部分

（34）电气主接线图绘制完成，单击"显
示/隐藏线宽"按钮 ✚，显示线宽，效果如
图 9-36 所示。

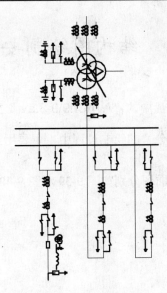

图 9-36　电气主接线图

9.2　结构图的一般绘制流程

动画演示——参见附带光盘中的"AVI\Ch9\9-2.avi"文件

变电工程应用实例（一次部分）的绘制过程一般分为以下几步：

（1）绘制组件符号。

（2）绘制各支路、各部分。

（3）绘制其他部分、局部修剪。

电气主接线图和变电所断面图的绘制流程分别如图 9-37 和图 9-38 所示。

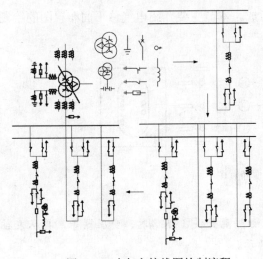

图 9-37　电气主接线图绘制流程

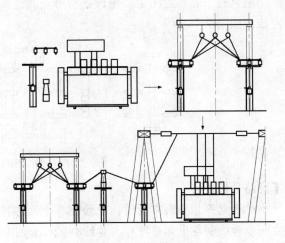

图 9-38　变电所断面图绘制流程

9.3　结构图绘制要点

动画演示——参见附带光盘中的"AVI\Ch9\9-3.avi"文件

在变电工程应用实例（一次部分）的绘制过程中，主要用到直线、复制、偏移、圆、旋转、移动、镜像和修剪等命令。

其中电气主接线图和变电所断面图分别如图 9-39 和图 9-40 所示。

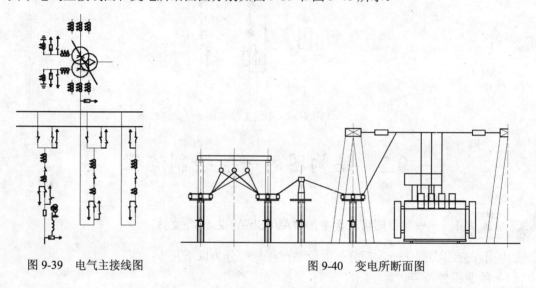

图 9-39　电气主接线图　　　　　图 9-40　变电所断面图

9.4　实例·操作——电气总平面布置图

电气总平面布置图主要由设备符号及其连接线组成。本节主要介绍电气总平面布置图的绘制方法，如图 9-41 所示。

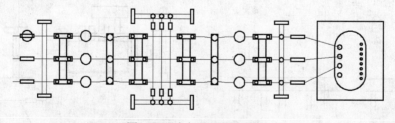

图 9-41　电气总平面布置图

【思路分析】

对于电气总平面布置图，先绘制各个设备符号，如隔离开关、断路器、变压器等，再从左往右一步步绘制各个部分即可。其绘制流程如图 9-42 所示。

视频教学

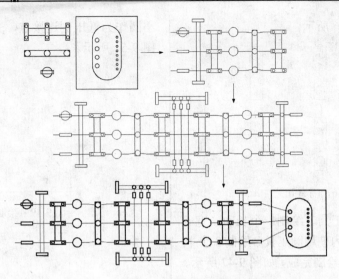

图 9-42 绘制电气总平面布置图的流程

【光盘文件】

结果文件——参见附带光盘中的 "END\Ch9\9-4.dwg" 文件

动画演示——参见附带光盘中的 "AVI\Ch9\9-4.avi" 文件

【操作步骤】

（1）单击"图层特性"按钮，新建图层并进行相应的设置，如图 9-43 所示。

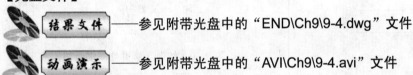

图 9-43 设置图层

（2）将"设备符号层"设为当前图层，单击"显示/隐藏线宽"按钮，隐藏线宽。使用矩形工具绘制一个长为 4、宽为 17 的矩形，然后在矩形两端使用圆工具绘制两个半径为 1.5 的圆，如图 9-44 所示。

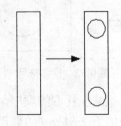

图 9-44 绘制矩形、圆

（3）使用阵列工具将矩形和圆进行阵列操作（行数为 1、列数为 3、列偏移为 21），如图 9-45 所示。

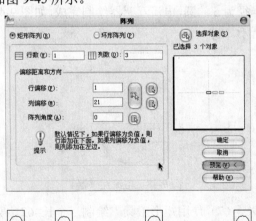

（4）使用直线工具连接矩形，隔离开关

图 9-45 阵列

绘制完成，如图 9-46 所示。

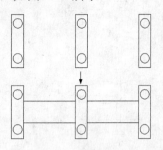

图 9-46　隔离开关

（5）使用矩形工具□绘制一个长 46、宽 6 的矩形，然后在矩形内使用圆工具◎绘制 3 个半径为 3 的圆，断路器绘制完成，如图 9-47 所示。

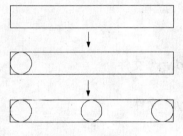

图 9-47　断路器

（6）使用矩形工具□绘制一个长 13、宽 3 的矩形，然后在矩形上使用圆工具◎绘制一个半径为 5 的圆，电流互感器绘制完成，如图 9-48 所示。

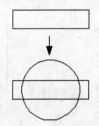

图 9-48　电流互感器

（7）使用矩形工具□绘制一个长 62、宽 72 的矩形，然后在矩形内再绘制一个长 29、宽 25 的矩形，如图 9-49 所示。

（8）在小矩形上、下两端绘制两个半圆，并修剪多余线段，如图 9-50 所示。

（9）使用圆工具◎绘制连接端小圆，以半径为 2 的小圆作为高压侧接线点，半径为 1 的

小圆作为低压侧连接点，变压器绘制完成，如图 9-51 所示。

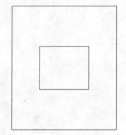

图 9-49　绘制矩形

图 9-50　绘制半圆并修剪多余线段

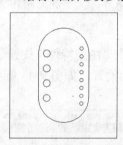

图 9-51　变压器

（10）至此，设备符号绘制完成，如图 9-52 所示。

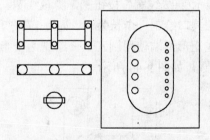

图 9-52　设备符号

（11）按照从左往右的顺序，先绘制电气总平面布置图的第一部分（主要用到移动、修剪、直线等命令），如图 9-53 所示。

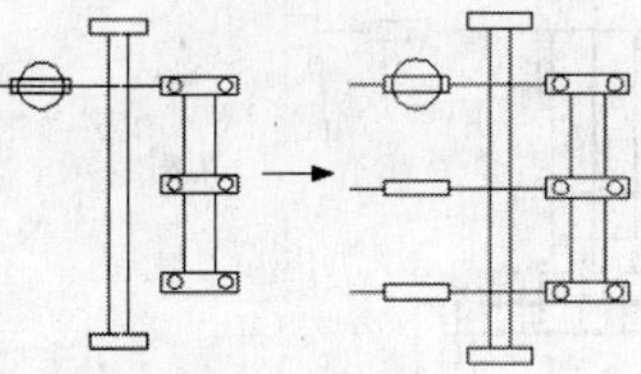

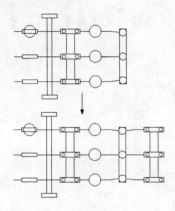

图 9-53　绘制第一部分

（12）绘制电气总平面布置图的第二部分，如图 9-54 所示。

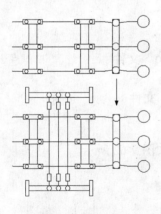

图 9-54　绘制第二部分

（13）继续向右，绘制电气总平面布置图的第三部分，如图 9-55 所示。

图 9-55　第三部分

（14）绘制电气总平面布置图的第四部分，如图 9-56 所示。

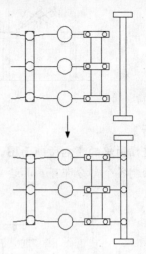

图 9-56　第四部分

（15）连接变压器，如图 9-57 所示。

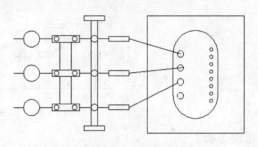

图 9-57　连接变压器

（16）至此，电气总平面布置图绘制完成，效果如图 9-58 所示。

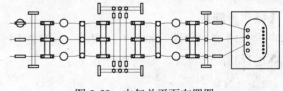

图 9-58　电气总平面布置图

9.5　实例·练习——变电所断面图

变电所断面图主要由实物设备简易符号及其连接线组成。本节主要介绍变电所断面图的绘制方法，如图 9-59 所示。

视频教学

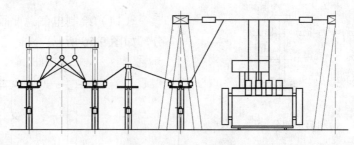

图 9-59　变电所断面图

【思路分析】

对于这幅简单的变电所断面图，先绘制隔离开关、电流互感器和变压器等设备符号，再从左往右依次绘制各个部分即可。其绘制流程如图 9-60 所示。

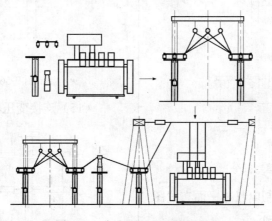

图 9-60　变电所断面图绘制流程

【思路分析】

　结果文件——参见附带光盘中的"END\Ch9\9-5.dwg"文件

　动画演示——参见附带光盘中的"AVI\Ch9\9-5.avi"文件

【操作步骤】

（1）单击"图层特性"按钮，新建图层并进行相应的设置，如图 9-61 所示。

图 9-61　设置图层

（2）切换到"符号设备层"，绘制塔杆、隔离开关和变压器等常用设备符号。使用矩形工具□绘制一个长 12、宽 80 的矩形作为塔杆

的主体，如图 9-62 所示。

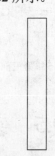

图 9-62　绘制塔杆主体

（3）绘制塔杆的手柄部分，如图 9-63 所示。

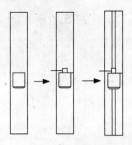

图 9-63　绘制手柄

（4）在塔杆顶部添加金具，如图 9-64 所示。

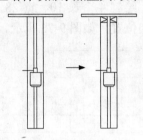

图 9-64　添加金具

（5）塔杆绘制完成，如图 9-65 所示。

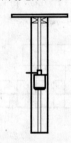

图 9-65　塔杆

（6）使用矩形工具▢绘制一个长 6、宽 7 的矩形和两个长 2、宽 3 的矩形，并使用使用移动工具✥移动到合适位置，如图 9-66 所示。

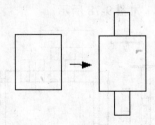

图 9-66　绘制、移动矩形

（7）使用阵列工具▦对步骤（6）中绘制的绝缘子进行阵列操作（选择矩形阵列，行数为 1、列数为 3、列偏移为 20），如图 9-67 所示。

图 9-67　阵列绝缘子

（8）使用矩形▢、修剪✂等工具，绘制隔离开关的刀闸部分，如图 9-68 所示。

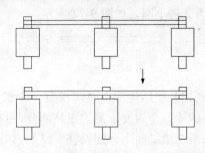

图 9-68　绘制刀闸部分

（9）隔离开关绘制完成，如图 9-69 所示。

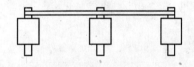

图 9-69　隔离开关

（10）下面开始绘制电流互感器。使用矩形工具▢绘制一个长 12、宽 13 的矩形作为互感器底座，再在其正上方 21 处绘制一个长 11、高 8 的矩形作为顶部，如图 9-70 所示。

图 9-70　绘制底部和顶部

（11）使用直线工具╱绘制两条斜线连接

上、下两矩形，电流互感器绘制完成，如图 9-71 所示。

图 9-71　电流互感器

（12）绘制变压器简易符号。绘制一个长 120、宽 3 的矩形，在其底部合适位置绘制两个半径为 2 的小圆，如图 9-72 所示。

图 9-72　绘制底座

（13）使用矩形工具□绘制一个长 118、宽 73 的矩形作为变压器的主体部分，再将其分解，将最上边线向下分别偏移 1 和 15，如图 9-73 所示。

图 9-73　绘制主体部分

（14）绘制一个长 12、宽 69 和两个长 7、宽 5 的矩形，并摆放到合适位置，作为变压器的冷却管，如图 9-74 所示。

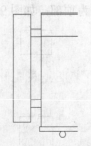

图 9-74　绘制冷却管

（15）绘制一个长 72、宽 22 和两个长 10、宽 30 的矩形，并摆放到合适位置，作为变压器

的绝缘套管，如图 9-75 所示。

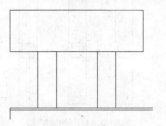

图 9-75　绘制绝缘套管

（16）绘制 4 个长 10、宽 28 的矩形，并移动到适当位置，如图 9-76 所示。

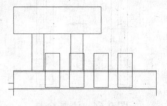

图 9-76　绘制矩形

（17）将所有图形拼合，变压器简易符号绘制完成，如图 9-77 所示。

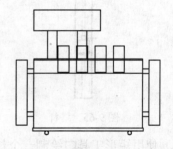

图 9-77　变压器

（18）至此，本图中需要用到的设备符号绘制完成，如图 9-78 所示。

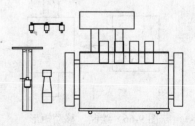

图 9-78　各设备符号

（19）按照从左往右的顺序，首先绘制变电所断面图的第一部分，如图 9-79 所示。

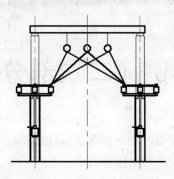

图 9-79　绘制第一部分

（20）绘制变电所断面图的第二部分，如图 9-80 所示。

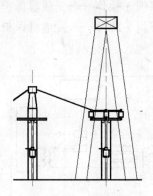

图 9-80　绘制第二部分

（21）继续向右，绘制变压器部分和其他，如图 9-81 所示。

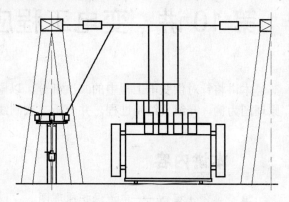

图 9-81　绘制变压器部分

（22）至此，一幅简单的变电所断面图绘制完成，效果如图 9-82 所示。

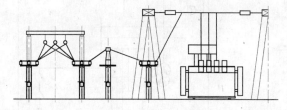

图 9-82　变电所断面图

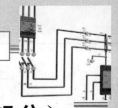

第 10 讲 变电工程应用实例（二次部分）

本讲将针对供变电工程中的二次部分，以电流保护原理图、变压器保护接线图和发电机保护原理图为例，介绍其绘制过程，并分析二次侧线路图的一般绘制流程和要点。

 本讲内容

- 实例·模仿——电流保护原理图
- 二次侧线路图的一般绘制流程
- 二次侧线路图绘制要点
- 实例·操作——变压器保护接线图
- 实例·练习——发电机保护原理图

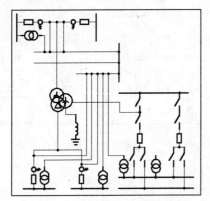 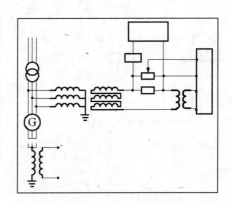

10.1 实例·模仿——电流保护原理图

对相间短路的电流保护，根据电流互感器的安装条件，目前广泛使用的是三相星形接线和两相星形接线两种接线方式。本节将介绍两相星形和三相星形接线方式原理图的绘制方法，其效果分别如图 10-1 和图 10-2 所示。

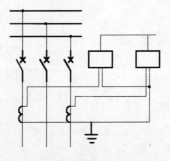

图 10-1 两相星形接线方式原理图

视频教学

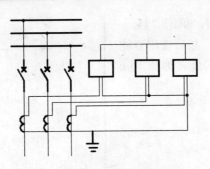

图 10-2　三相星形接线方式原理图

【思路分析】

电流保护原理图主要由母线、继电器、电流互感器、开关及导线组成，先绘制开关、电流互感器等电气组件，然后把各组件用导线进行连接，最后绘制接地符号。其绘制流程如图 10-3 所示。

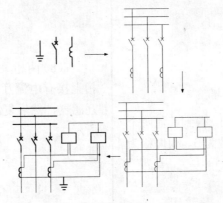

图 10-3　绘制电流保护原理图的流程

【光盘文件】

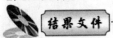——参见附带光盘中的"END\Ch10\10-1.dwg"文件

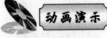——参见附带光盘中的"AVI\Ch10\10-1.avi"文件

【操作步骤】

（1）单击"图层特性"按钮编，新建"电气组件符号"和"母线"两个图层，如图 10-4 所示。

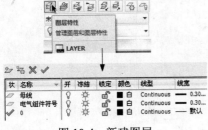

图 10-4　新建图层

（2）切换至"电气组件符号"图层，依次绘制接地符号、断路器、电流互感器等电气组件符号。其绘制方法参见 9.1 节，此处不再赘述，各组件符号效果如图 10-5 所示。

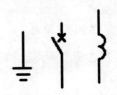

图 10-5　绘制电气组件符号

视频教学

（3）切换至"母线"图层，单击"显示/隐藏线宽"按钮⊞，隐藏线宽，然后使用直线工具╱绘制 3 条水平直线作为母线，如图 10-6 所示。

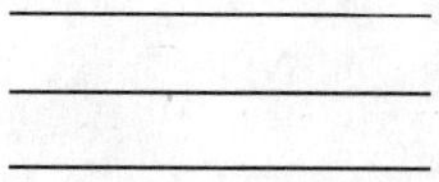

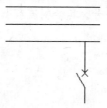

图 10-6　绘制母线

（4）在一条母线上连接断路器，如图 10-7 所示。

图 10-7　连接断路器

（5）使用阵列工具▦阵列，得到其他两个断路器（阵列时行数为 1、列数为 3、列偏移为 -15），如图 10-8 所示。

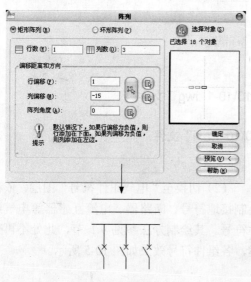

图 10-8　阵列

（6）连接左边两个断路器和各自的母线，如图 10-9 所示。

（7）使用直线工具╱绘制 3 条竖直线作为导线，如图 10-10 所示。

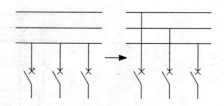

图 10-9　连接断路器和母线

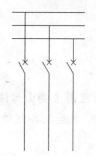

图 10-10　绘制导线

（8）两相星形接线方式中，只有 A 相和 C 相上接有电流互感器，故在 A 相上绘制电流互感器，然后复制到 C 相上即可，如图 10-11 所示。

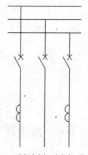

图 10-11　绘制复制电流互感器

（9）使用直线工具╱绘制电流互感器与继电器之间的导线，如图 10-12 所示。

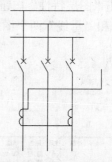

图 10-12　绘制导线

（10）继续绘制导线，如图 10-13 所示。

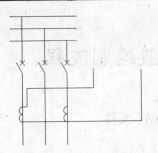

图 10-13　绘制导线

（11）在"电气组件符号"图层上绘制两个矩形作为继电器，如图 10-14 所示。

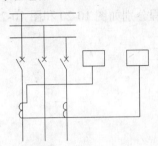

图 10-14　绘制矩形

（12）使用直线工具 ∕ 在图层 0 绘制其他导线，如图 10-15 所示。

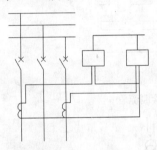

图 10-15　绘制导线

（13）使用移动工具 ✛ 将接地符号移动到适当位置，如图 10-16 所示。

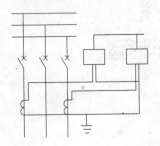

图 10-16　接地

（14）选择圆环工具 ◎，设置圆环内径为 0，外径为 1.5，绘制 4 个圆形，并移动到导线连接点位置上，如图 10-17 所示。

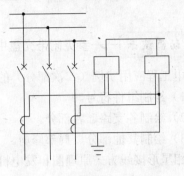

图 10-17　绘制、移动圆环

（15）至此，两相星形接线方式原理图绘制完成。单击"显示/隐藏线宽"按钮 ✚ 显示线宽，效果如图 10-18 所示。

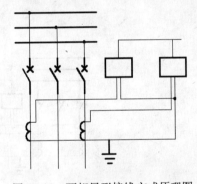

图 10-18　两相星形接线方式原理图

（16）三相星形接线方式原理图与两相星形接线方式原理图的绘制过程大致相同，不同之处在于每一相上都连接有电流互感器和继电器，其效果图如图 10-19 所示。

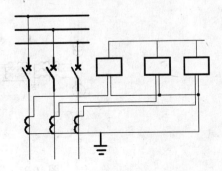

图 10-19　三相星形接线方式原理图

视频教学

10.2　二次侧线路图的一般绘制流程

动画演示——参见附带光盘中的"AVI\Ch10\10-2.avi"文件

变电工程应用实例（二次部分）的绘制过程一般分为以下几步：

（1）绘制组件符号。

（2）绘制各支路、各部分。

（3）绘制其他部分、局部修剪。

两相星形接线方式原理图和发电机保护原理图的绘制流程分别如图 10-20 和图 10-21 所示。

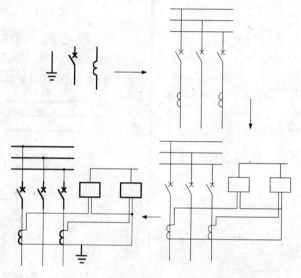

图 10-20　两相星形接线方式原理图绘制流程

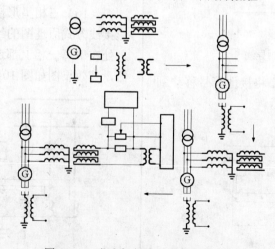

图 10-21　发电机保护原理图绘制流程

10.3　二次侧线路图绘制要点

动画演示——参见附带光盘中的"AVI\Ch10\10-3.avi"文件

　　在变电工程应用实例（二次部分）的绘制过程中，主要用到直线、圆、复制、偏移、移动、旋转、镜像和修剪等命令。

　　其中三相星形接线方式原理图和发电机保护原理图分别如图 10-22 和图 10-23 所示。

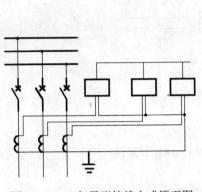

图 10-22　三相星形接线方式原理图

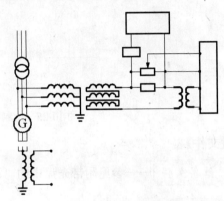

图 10-23　发电机保护原理图

10.4　实例·操作——变压器保护接线图

　　变压器保护接线图主要由设备符号及其连接线组成。本节主要介绍变压器保护接线图的绘制方法，如图 10-24 所示。

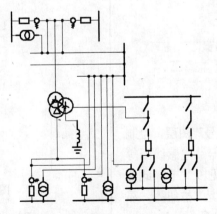

图 10-24　变压器保护接线图

【思路分析】

　　对于变压器保护接线图，先绘制各个设备符号，如电阻、电流互感器、变压器等，再按照从左往右、从上到下的顺序一步步绘制各部分即可。其绘制流程如图 10-25 所示。

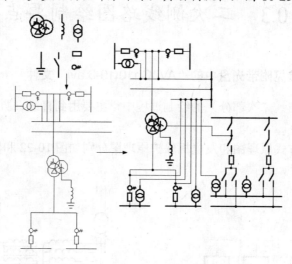

图 10-25　绘制变压器保护接线图的流程

【光盘文件】

结果文件 ——参见附带光盘中的 "END\Ch10\10-4.dwg" 文件

动画演示 ——参见附带光盘中的 "AVI\Ch10\10-4.avi" 文件

【操作步骤】

（1）单击"图层特性"按钮，新建图层并进行相应的设置，如图 10-26 所示。

图 10-26　设置图层特性

（2）切换至"电气组件符号"图层，绘制接地符号、变压器、电流互感器、电感线圈等电气组件符号。其绘制方法参见 9.1 节，此处不再赘述。单击"显示/隐藏线宽"按钮，显示线宽，各组件符号如图 10-27 所示。

（3）隐藏线宽，使用直线工具在"母线"层绘制两条互相平行的竖直线作为母线，如图 10-28 所示。

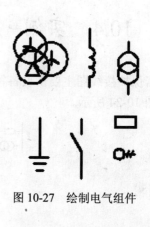

图 10-27　绘制电气组件

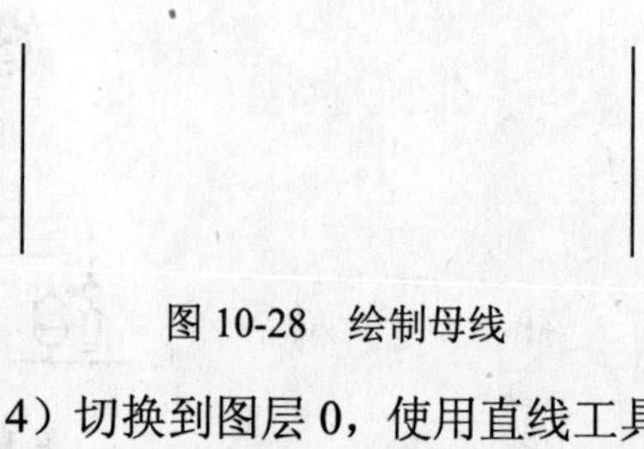

图 10-28　绘制母线

（4）切换到图层 0，使用直线工具连接两条母线，添加电阻、电流互感器等电气组件，然后使用修剪工具修剪图形，如图 10-29 所示。

视频教学

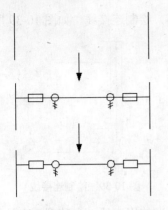

图 10-29 连接母线后添加电气组件符号并修剪

（5）在母线上连接变压器，并适当修剪图形，如图 10-30 所示。

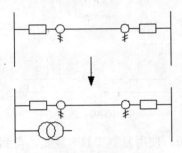

图 10-30 连接变压器

（6）使用直线工具 ╱ 绘制其他连接线，如图 10-31 所示。

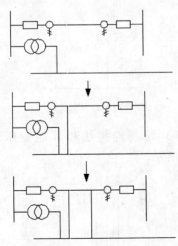

图 10-31 绘制连接线

（7）使用直线工具 ╱ 绘制连接线，并添加三相变压器部分，如图 10-32 所示。

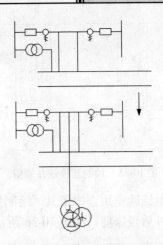

图 10-32 连接三相变压器

（8）在变压器上通过电感线圈接地，如图 10-33 所示。

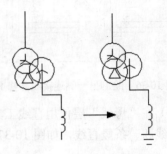

图 10-33 接地

（9）使用直线 ╱、移动 ✛ 工具等绘制与变压器相连的其他部分，如图 10-34 所示。

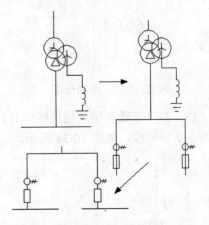

图 10-34 变压器

（10）使用直线工具 ╱ 绘制连接线，并适当修剪，如图 10-35 所示。

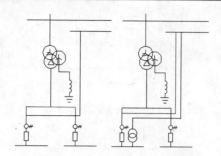

图 10-35　绘制连接线并修剪

（11）继续使用直线工具 ╱ 绘制另一侧的连接线，并适当修剪，如图 10-36 所示。

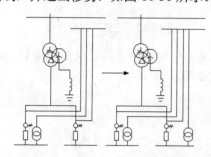

图 10-36　绘制另一侧连接线并修剪

（12）在"母线"层使用直线工具 ╱ 绘制一条水平线和一条竖直线，如图 10-37 所示。

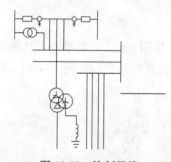

图 10-37　绘制母线

（13）在"母线"层使用直线工具 ╱ 继续绘制两条水平母线，如图 10-38 所示。

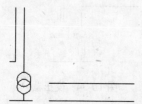

图 10-38　绘制母线

（14）绘制连接线，如图 10-39 所示。

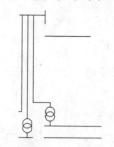

图 10-39　绘制连接线

（15）使用直线 ╱、移动 ✛ 工具绘制母线之间的连接部分，如图 10-40 所示。

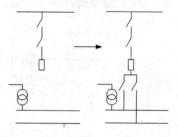

图 10-40　连接

（16）使用复制工具 ✇ 复制，得到另外一个连接部分，如图 10-41 所示。

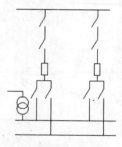

图 10-41　复制

（17）绘制连接线和其他变压器，如图 10-42 所示。

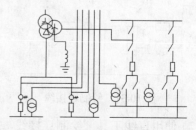

图 10-42　绘制连接线和其他变压器

（18）单击"圆环"按钮◎，设置圆环内径为 0，外径为 20，绘制圆环并移动到导线连接点位置上，如图 10-43 所示。

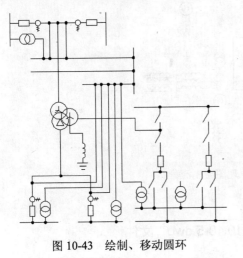

图 10-43　绘制、移动圆环

（19）至此，变压器保护接线图绘制完成。单击"显示/隐藏线宽"按钮➕，显示线宽，最终效果如图 10-44 所示。

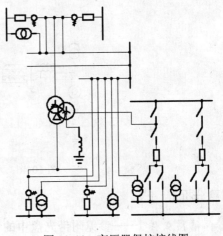

图 10-44　变压器保护接线图

10.5　实例·练习——发电机保护原理图

发电机保护原理图主要由发电机、变压器、电流互感器及其连接线组成。本节主要介绍发电机保护原理图的绘制方法，如图 10-45 所示。

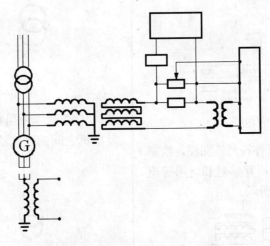

图 10-45　发电机保护原理图

【思路分析】

对于这幅简单的发电机保护原理图，先绘制发电机、电流互感器和变压器等设备符号，再从左往右依次绘制各个部分即可。其绘制流程如图 10-46 所示。

视频教学

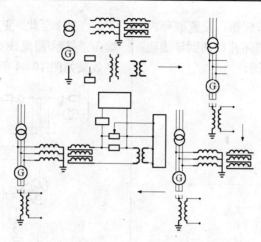

图 10-46　发电机保护原理图绘制流程

【思路分析】

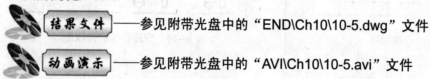

结果文件——参见附带光盘中的"END\Ch10\10-5.dwg"文件

动画演示——参见附带光盘中的"AVI\Ch10\10-5.avi"文件

【操作步骤】

（1）单击"图层特性"按钮，新建"电气组件符号"和"连接线"两个图层并进行相应的设置，如图 10-47 所示。

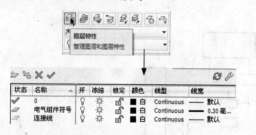

图 10-47　设置图层

（2）切换到"电气组件符号"图层，绘制发电机、接地变压器、电流互感器和电阻等电气组件符号，如图 10-48 所示。

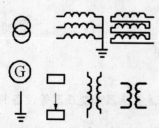

图 10-48　绘制电气组件

（3）切换到"连接线"图层，使用直线工具绘制变压器上的连接线，如图 10-49 所示。

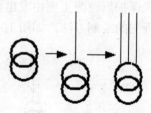

图 10-49　绘制连接线

（4）继续使用直线工具，绘制变压器与发电机之间的连接线，如图 10-50 所示。

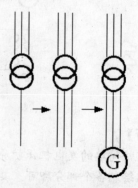

图 10-50　连接发电机

视频教学

（5）添加中性点变压器，如图 10-51 所示。

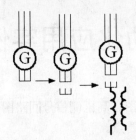

图 10-51　添加变压器

（6）绘制中性点变压器上的接地符号和其他连接线，如图 10-52 所示。

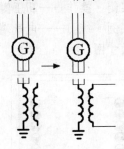

图 10-52　接地

（7）连接接地变压器，如图 10-53 所示。

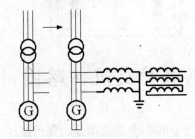

图 10-53　连接接地变压器

（8）在接地变压器的另一端添加负载和电流互感器，如图 10-54 所示。

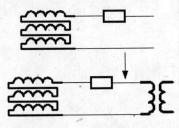

图 10-54　添加负载和电流互感器

（9）绘制滤波部分、分压电阻及外接电源，如图 10-55 所示。

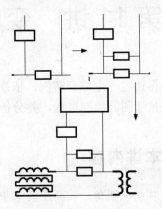

图 10-55　外加电源等

（10）继续绘制其他部分，如图 10-56 所示。

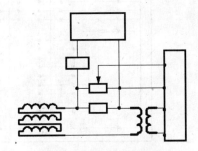

图 10-56　绘制底部和顶部

（11）单击"圆环"按钮◎，设置圆环内径为 0，外径为 1.25，绘制圆环并移动到导线连接点位置上，发电机保护原理图绘制完成，最终效果如图 10-57 所示。

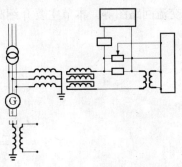

图 10-57　发电机保护原理图

第 11 讲 变电站综合自动化应用实例

本讲将通过一个综合实例，依次介绍高压侧保护交流回路图、高压侧信号回路图及电气端子图、安装尺寸图的绘制过程，并分析装配图的一般绘制流程和要点。

 本讲内容

- ➥ 实例·模仿——高压侧保护交流回路图
- ➥ 装配图的一般绘制流程
- ➥ 装配图绘制要点

- ➥ 实例·操作——高压侧信号回路图
- ➥ 实例·练习——电气端子图、安装尺寸图

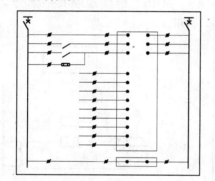
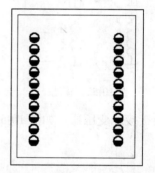

11.1 实例·模仿——高压侧保护交流回路图

主变压器保护监控的工程图样实例是变电站自动化系统中的一个重要部分。保护监控原理图包括高压侧保护交流回路图、高压侧信号回路图、差动保护交流回路图、低压侧保护交流回路图及测量交流回路图等。本节主要介绍高压侧保护交流回路图的绘制方法，如图 11-1 所示。

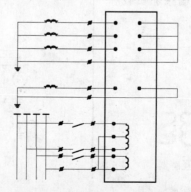

图 11-1 高压侧保护交流回路图

【思路分析】

在高压侧保护交流回路图的绘制过程中，主要用到直线、圆、复制、偏移、旋转、镜像、修剪及图案填充等命令。首先绘制电流互感器、保护装置接入端和电压线圈等电气符号，再依次绘制交流电流输入、零序电流输入和交流电压输入等即可。其绘制流程如图 11-2 所示。

图 11-2　绘制高压侧保护交流回路图的流程

【光盘文件】

参见附带光盘中的"END\Ch11\11-1.dwg"文件

参见附带光盘中的"AVI\Ch11\11-1.avi"文件

【操作步骤】

（1）单击"图层特性"按钮，新建图层并进行相应的设置，如图 11-3 所示。

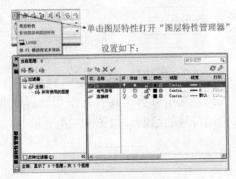

图 11-3　新建图层并设置

（2）绘制电流互感器符号。切换至"电气符号"图层，隐藏线宽，使用圆工具绘制一个半径为 2 的圆形，再使用"复制"命令复制得到第二个圆形，如图 11-4 所示。

（3）使用直线工具绘制一条长为 10 的水平直线，并使用移动工具移动到圆形上，如图 11-5 所示。

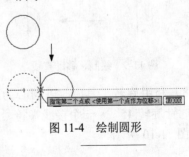

图 11-4　绘制圆形

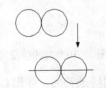

图 11-5　绘制、移动直线

视频教学

（4）使用修剪工具 ⊬，以步骤（3）中的直线作为修剪边，修剪两个下半圆，如图 11-6 所示。

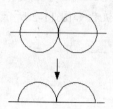

图 11-6　修剪半圆

（5）使用移动工具 ✛ 将直线向上移动 1，一个电流互感器符号绘制完成，如图 11-7 所示。

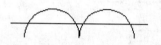

图 11-7　电流互感器符号

（6）绘制接线端符号。使用圆工具 ⊙ 绘制一个半径为 1 的圆形，如图 11-8 所示。

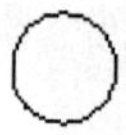

图 11-8　绘制圆形

（7）使用直线工具 ╱ 绘制一条长为 4 的竖直线，并使用移动工具 ✛ 移动到圆形上，如图 11-9 所示。

图 11-9　绘制、移动直线

（8）利用旋转工具 ○，以圆心为旋转基点，顺时针旋转 45°，一个接线端符号绘制完成，如图 11-10 所示。

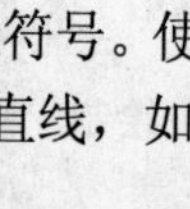

图 11-10　接线端符号

（9）绘制接地符号。使用直线工具 ╱ 绘制一条长为 4 的水平直线，如图 11-11 所示。

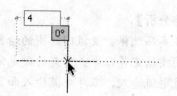

图 11-11　绘制直线

（10）单击"阵列"按钮 ▦，将步骤（9）中的水平直线阵列 4 条，如图 11-12 所示。

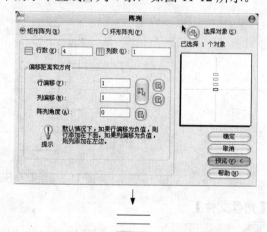

图 11-12　阵列直线

（11）使用直线工具 ╱，连接最上方直线的左端点和最下方直线的中点、最上方直线的右端点和最下方直线的中点，如图 11-13 所示。

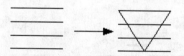

图 11-13　连接端点

（12）利用修剪工具 ⊬ 对图形进行修剪，完成接地符号的绘制，如图 11-14 所示。

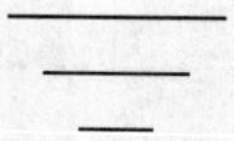

图 11-14　接地符号

（13）绘制电压线圈符号。使用圆工具 ⊙ 绘制一个半径为 2 的圆形，再使用"复制"命令复制得到第二个圆形，如图 11-15 所示。

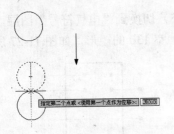

图 11-15　绘制圆形

（14）使用直线工具／绘制一条长为 10 的竖直线，并使用移动工具✛移动到圆形上，如图 11-16 所示。

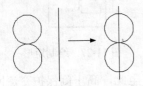

图 11-16　绘制移动直线

（15）使用修剪工具／，以步骤（14）中的直线作为修剪边，修剪两个左半圆及圆内直线，完成电压线圈符号的绘制，如图 11-17 所示。

图 11-17　电压线圈符号

（16）绘制保护装置接入端符号。使用圆工具⊙绘制一个半径为 1 的圆形，如图 11-18 所示。

图 11-18　绘制圆形

（17）使用直线工具／绘制一条水平线作为直径，如图 11-19 所示。

图 11-19　绘制水平线作为直径

（18）使用图案填充工具▨，选择下半圆填充黑色，类型预定义，图案 SOLID，样例 ByLayer，效果如图 11-20 所示。

图 11-20　图案填充

（19）至此，各电器符号均已绘制完成，如图 11-21 所示。

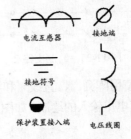

图 11-21　各电器符号

（20）下面开始绘制支路 1。切换到"连接线"图层，利用直线工具／绘制一条长为 125 的直线；使用移动工具✛将各组件移动到支路的合适位置，并使用修剪工具／修剪多余的线条，完成支路 1 的绘制，如图 11-22 所示。

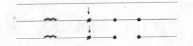

图 11-22　绘制支路 1

（21）使用阵列▦、直线／和修剪／等工具，完成交流电流输入的绘制，如图 11-23 所示。

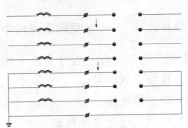

图 11-23　交流电流输入

（22）使用直线 ∕ 和修剪 ∕ 等工具，绘制零序电流输入，如图 11-24 所示。

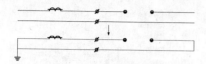

图 11-24　零序电流输入

（23）绘制支路 2。利用直线工具 ∕ 绘制一条长为 75 的直线；使用移动工具 ✛ 将各组件移动到支路的合适位置，并使用修剪工具 ∕ 修剪多余的线条，完成支路 2 的绘制，如图 11-25 所示。

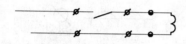

图 11-25　绘制支路 2

（24）使用阵列 ▦、直线 ∕ 和修剪 ∕ 等工具，完成交流电压输入的绘制，如图 11-26 所示。

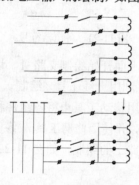

图 11-26　交流电压输入

（25）切换到"电气符号"图层，绘制一个长 40、宽 130 的矩形，如图 11-27 所示。

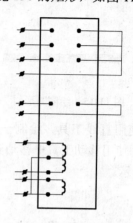

图 11-27　绘制矩形

（26）至此，高压侧保护交流回路图绘制完成，最终效果如图 11-28 所示。

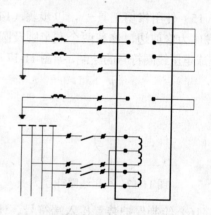

图 11-28　高压侧保护交流回路图

11.2　装配图的一般绘制流程

动画演示——参见附带光盘中的 "AVI\Ch11\11-2.avi" 文件

装配图的绘制过程一般分为以下几步：

（1）绘制电气符号。

（2）绘制各支路。

（3）绘制其他支路和框架。

（4）如有必要，标注尺寸。

例如，机箱正视图和高压侧信号回路图的绘制流程分别如图 11-29 和图 11-30 所示。

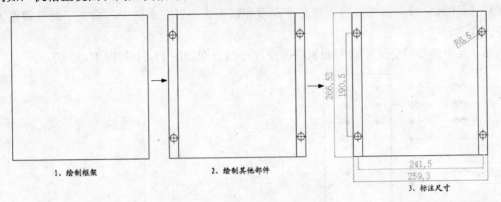

图 11-29　机箱正视图的绘制流程

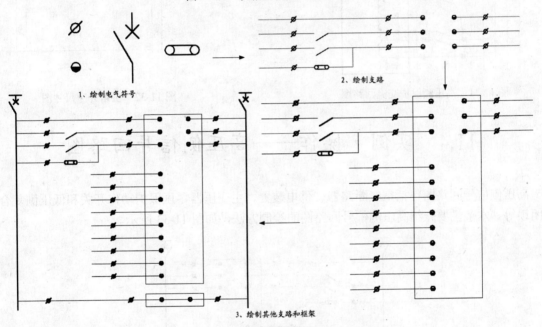

图 11-30　高压侧信号回路图的绘制流程

11.3　装配图绘制要点

动画演示——参见附带光盘中的 "AVI\Ch11\11-3.avi" 文件

在装配图的绘制过程中，主要用到直线、复制、偏移、圆、旋转、移动、镜像、修剪和图案填充等命令。

需要注意以下几点：

（1）由于回路图中有许多电气符号，可以在绘制电气符号后将其转换为图块，以便下次使用时插入。

（2）先绘制各主要支路，再绘制其他次要支路。

（3）标注尺寸时，需要适当调整文字高度和箭头大小。在本例中，将文字高度调整为 12.5 左右较为合适。

例如，高压侧保护交流回路图和机箱开空尺寸图分别如图 11-31 和图 11-32 所示。

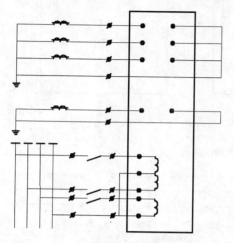

图 11-31 高压侧保护交流回路图

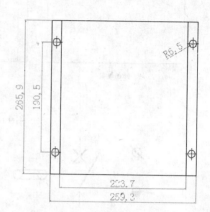

图 11-32 机箱开空尺寸图

11.4 实例·操作——高压侧信号回路图

高压侧信号回路图包括空气断路器、供电装置、主变压器零压保护动作开关和低压侧复合电压闭锁等。本节主要介绍高压侧信号回路图的绘制方法，如图 11-33 所示。

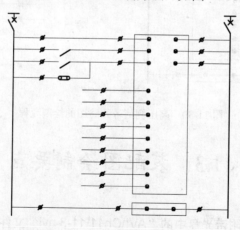

图 11-33 高压侧信号回路图

【思路分析】

在高压侧信号回路图的绘制过程中，主要用到直线、圆、修剪、复制、镜像、偏移、旋转和图案填充等命令。首先绘制保护装置接入端、接线端、断路器和连接片等电气符号，接着依次绘制各条支路即可。其绘制流程如图 11-34 所示。

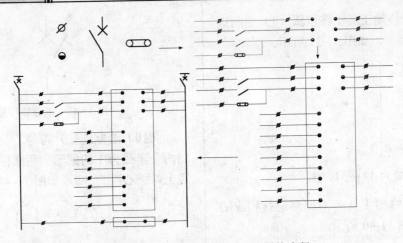

图 11-34　绘制高压侧信号回路图的流程

【光盘文件】

结果文件——参见附带光盘中的"END\Ch11\11-4.dwg"文件

动画演示——参见附带光盘中的"AVI\Ch11\11-4.avi"文件

【操作步骤】

（1）单击"图层特性"按钮编，新建图层并进行相应的设置，如图 11-35 所示。

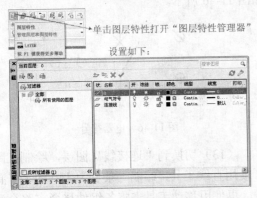

图 11-35　新建设置图层

（2）在高压侧信号回路图中，主要用到保护装置接入端、接线端、断路器和连接片等电气符号。其中保护装置接入端和接线端的绘制过程已经在 11.1 节作了详细介绍，下面主要介绍断路器和连接片的绘制。将"电气符号"层设为当前图层，利用直线工具✏️绘制一条长为 15 的竖直线，如图 11-36 所示。

（3）再次使用直线工具✏️，以步骤（2）中竖直线的上端点偏下 4 为右端点，绘制一条长为 4 的水平直线，如图 11-37 所示。

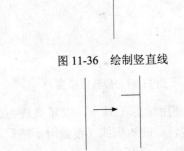

图 11-36　绘制竖直线

图 11-37　绘制直线

（4）使用直线工具✏️绘制如图 11-38 所示的直线。

图 11-38　绘制直线

（5）利用移动工具❖将步骤（3）中的短水平线向右平移 2，如图 11-39 所示。

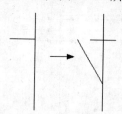

图 11-39　平移直线

（6）利用修剪工具✂对图形进行相应的修整，结果如图 11-40 所示。

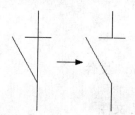

图 11-40　修剪图形

（7）利用旋转工具○，以交点为基点，将短横线逆时针旋转 45°，如图 11-41 所示。

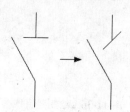

图 11-41　旋转短横线

（8）使用镜像工具⚎，以竖直线为镜像线，镜像旋转后的短横线（镜像时不能删除源对象），如图 11-42 所示。

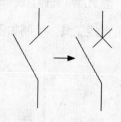

图 11-42　镜像

（9）显示线宽，断路器符号绘制完成，如图 11-43 所示。

图 11-43　断路器符号

（10）绘制连接片符号。使用圆工具⊘绘制两个半径为 1 的圆形，两圆位于同一条水平线上，圆心距为 5.5，如图 11-44 所示。

图 11-44　绘制圆形

（11）使用直线工具／，捕捉切点，绘制两圆的公切线。显示线宽，连接片符号绘制完成，如图 11-45 所示。

图 11-45　连接片符号

（12）至此，各电器符号均已绘制完成，如图 11-46 所示。

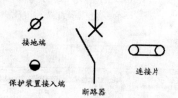

接地端
保护装置接入端
断路器
连接片

图 11-46　电器符号

（13）切换到"连接线"图层，绘制支路 1。使用直线工具／绘制一条长为 140 的水平直线，再使用移动工具❖将各组件移至支路合适位置，并通过修剪命令✂修剪图形，完成支路 1 的绘制，如图 11-47 所示。

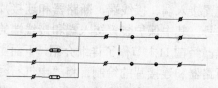

图 11-47　绘制支路 1

（14）绘制支路 2。使用直线工具／绘制一条长为 42 的水平直线，再使用移动工具✛将各组件移至支路合适位置，并通过修剪工具✂修剪图形，完成支路 2 的绘制，如图 11-48 所示。

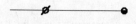

图 11-48　绘制支路 2

（15）使用阵列⊞、直线✎和修剪✂等工具绘制图形，其中阵列时行数为 3、列数为 1，行偏移为 7.5，如图 11-49 所示。

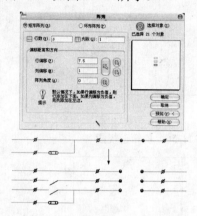

图 11-49　阵列、修剪

（16）使用阵列工具⊞对支路 2 进行阵列操作，其中行数为 9、列数为 1，行偏移为 7.5，如图 11-50 所示。

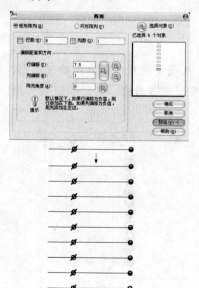

图 11-50　阵列支路 2

（17）绘制一个长 35、宽 100 的矩形，如图 11-51 所示。

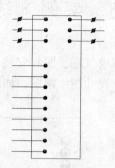

图 11-51　绘制矩形

（18）使用直线✎、移动✛和修剪✂等工具绘制另一条支路，如图 11-52 所示。

图 11-52　绘制支路

（19）使用直线✎、移动✛等工具绘制其他支路，如图 11-53 所示。

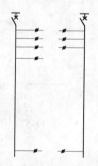

图 11-53　绘制其他支路

（20）至此，高压侧信号回路图绘制完成，最终效果如图 11-54 所示。

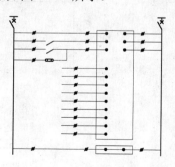

图 11-54　高压侧信号回路图

11.5　实例·练习——电气端子图、安装尺寸图

本节介绍电气端子图和安装尺寸图的绘制过程，其中包括板前接线正面端子图、机箱正视图、侧视图和开空尺寸图 4 幅图，如图 11-55～图 11-58 所示。

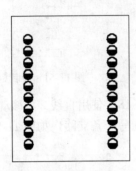

图 11-55　板前接线正面端子图

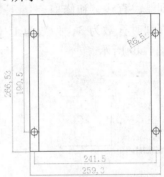

图 11-56　机箱正视图

图 11-57　侧视图

图 11-58　开空尺寸图

【思路分析】

电气端子图可以先绘制外框，再绘制接入端；而对于机箱安装尺寸图，先绘制图形，再标注尺寸。主要用到直线、圆、复制、偏移、镜像、修剪、图案填充等命令，其绘制流程如图 11-59～图 11-62 所示。

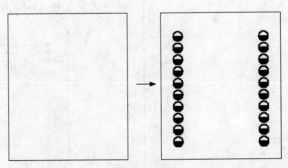

图 11-59　绘制正面端子图的流程

视频教学

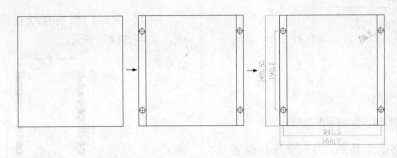

图 11-60 绘制机箱正视图的流程

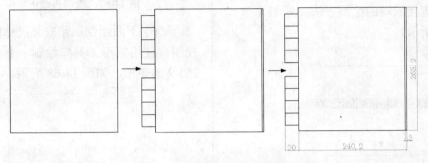

图 11-61 绘制机箱侧视图的流程

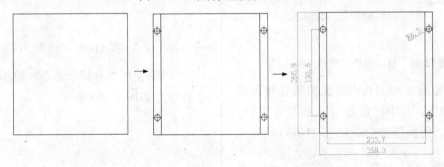

图 11-62 绘制开空尺寸图的流程

【思路分析】

 结果文件 —— 参见附带光盘中的 "END\Ch11\11-5.dwg" 文件

 动画演示 —— 参见附带光盘中的 "AVI\Ch11\11-5.avi" 文件

【操作步骤】

（1）在图层特性管理器（通过单击 按钮打开）中新建图层，并设置图层特性，如图 11-63 所示。

（2）切换到图层 0，使用矩形工具 绘制一个长 105、宽 125 的矩形作为外框，如图 11-64 所示。

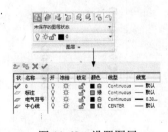

图 11-63 设置图层

视频教学

图 11-64　绘制矩形外框

（3）使用移动工具✥，将一个保护装置接入端移动到矩形左上角偏下 20、偏右 15 的位置（保护装置接入端的绘制方法参见 11.1 节），如图 11-65 所示。

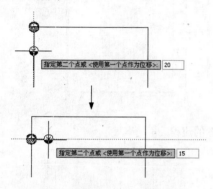

图 11-65　移动保护装置接入端

（4）使用阵列工具▦对保护装置接入端进行阵列操作，其中行数为 10、列数为 2、行偏移为-10、列偏移为 75，如图 11-66 所示。

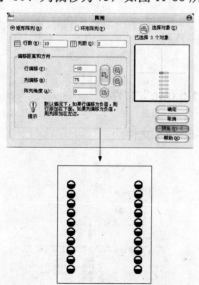

图 11-66　阵列保护装置接入端

（5）至此，板前接线正面端子图绘制完成，如图 11-67 所示。

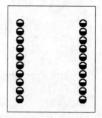

图 11-67　板前接线正面端子图

（6）下面绘制机箱安装尺寸图。先绘制正视图。使用矩形工具▭绘制一个长 259.3、宽 265.9 的矩形，如图 11-68 所示。

图 11-68　绘制矩形

（7）使用"分解"命令▱将矩形分解为 4 条直线，如图 11-69 所示。

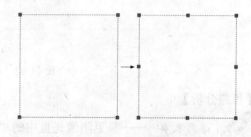

图 11-69　分解矩形

（8）使用"偏移"命令▱将矩形的两条竖直边分别向内偏移 17.8，如图 11-70 所示。

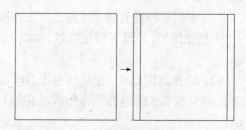

图 11-70　绘制多边形

（9）再次使用"偏移"命令📐，将矩形的两条竖直边分别向内偏移 8.9，得到两条中心线，并将中心线切换到"中心线"图层，如图 11-71 所示。

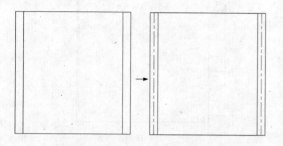

图 11-71　绘制中心线

（10）使用"偏移"命令📐将矩形的两条水平边分别向内偏移 37.7，如图 11-72 所示。

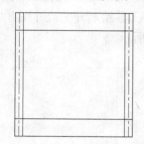

图 11-72　偏移

（11）将步骤（10）中偏移得到的两条水平线切换到"中心线"图层，得到另外两条中心线，如图 11-73 所示。

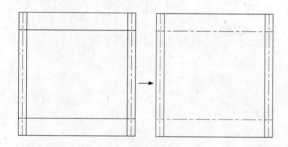

图 11-73　绘制中心线

（12）切换到图层 0，以 4 条中心线的 4 个交点为圆心，使用圆工具◉分别绘制 4 个半径为 6.5 的圆形，如图 11-74 所示。

（13）使用修剪工具✂适当修剪中心线，如图 11-75 所示。

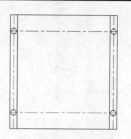

图 11-74　绘制圆形

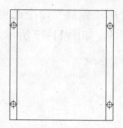

图 11-75　修剪中心线

（14）切换到"标注"图层，标注相关尺寸，机箱正视图绘制完成，如图 11-76 所示。

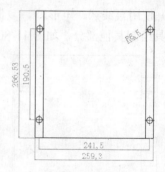

图 11-76　正视图

（15）下面绘制侧视图。切换到图层 0，使用矩形工具▭绘制一个长 240.2、宽 265.9 的矩形，如图 11-77 所示。

图 11-77　绘制矩形

（16）使用"分解"命令🗗将矩形分解为 4 条直线，如图 11-78 所示。

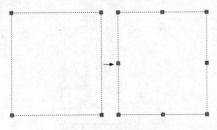

图 11-78　分解矩形

（17）使用"偏移"命令 将矩形的右竖直边向左偏移 3，如图 11-79 所示。

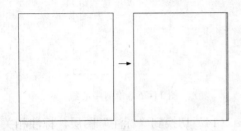

图 11-79　偏移竖直边

（18）使用直线 、矩形 、复制 和修剪 等工具绘制其他部分，如图 11-80 所示。

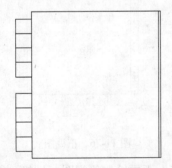

图 11-80　绘制其他部分

（19）切换到"标注"图层，标注相关尺寸，机箱侧视图绘制完成，如图 11-81 所示。

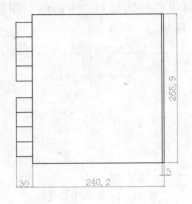

图 11-81　侧视图

（20）使用直线 、矩形 、圆 、复制 和修剪 等工具绘制开空尺寸图并标注尺寸，如图 11-82 所示。

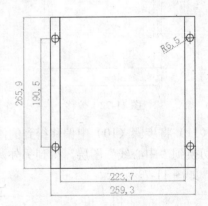

图 11-82　开空尺寸图

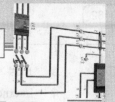

附录 A AutoCAD 2010 的安装及设置

A.1 AutoCAD 2010 系统需求

在 PC 机上安装 AutoCAD 2010 之前，首先应先确定计算机是否能够满足 AutoCAD 2010 的软硬件需求。AutoCAD 2010 有 32 位和 64 位两个版本，在其安装时将自动检测 Windows 系统是 32 位还是 64 位版本，并自动判断安装适当的版本。

1. AutoCAD 2010 32 位配置要求

- Microsoft® Windows XP Professional 或 Home 版本（SP2 或更高）。
- 支持 SSE2 技术的英特尔奔腾 4 或 AMD Athlon 双核处理器（1.6GHz 或更高主频）。
- 2GB 内存。
- 1GB 可用磁盘空间（用于安装）。
- 1024×768 像素 VGA 真彩色显示器。
- Microsoft Internet Explorer 7.0 或更高版本。
- 下载或使用 DVD 或 CD-ROM 安装。

或

- Microsoft Windows Vista（SP1 或更高），包括 Enterprise、Business、Ultimate 或 Home Premium 版本（Windows Vista 各版本区别）。
- 支持 SSE2 技术的英特尔奔腾 4 或 AMD Athlon 双核处理器（3GHz 或更高主频）。
- 2GB 内存。
- 1GB 可用磁盘空间（用于安装）。
- 1024×768 像素 VGA 真彩色显示器。
- Internet Explorer 7.0 或更高。
- 下载或使用 DVD 或 CD-ROM 安装。

2. AutoCAD 2010 64 位配置要求

- Windows XP Professional x64 版本（SP2 或更高）或 Windows Vista（SP1 或更高），包括 Enterprise、Business、Ultimate 或 Home Premium 版本（Windows Vista 各版本区别）。
- 支持 SSE2 技术的 AMD Athlon 64 位处理器、支持 SSE2 技术的 AMD Opteron® 处理器、支持 SSE2 技术和英特尔 EM64T 的英特尔至强处理器，或支持 SSE2 技术和英特尔 EM64T 的英特尔奔腾 4 处理器。
- 2GB 内存。
- 1.5GB 可用磁盘空间（用于安装）。

◆　1024×768 像素 VGA 真彩色显示器。

◆　Internet Explorer 7.0 或更高。

◆　下载或使用 DVD 或 CD-ROM 安装。

3．3D 建模的其他要求（适用于所有配置）

◆　英特尔奔腾 4 处理器或 AMD Athlon 处理器（3GHz 或更高主频）；英特尔或 AMD 双核
　　处理器（2GHz 或更高主频）。

◆　2GB 或更大内存。

◆　2GB 硬盘空间，外加用于安装的可用磁盘空间。

◆　1280×1024 像素 32 位彩色视频显示适配器（真彩色），工作站级显卡（具有 128MB 或
　　更大内存、支持 Microsoft Direct3D）。

A.2　AutoCAD 2010 的安装

　　（1）将 AutoCAD 2010 源程序光盘放入光驱中，光盘自动运行后，出现如图 A-1 所示的安装
界面（如果没有出现该界面，到光盘根目录下双击运行 setup.exe 可执行文件，即可出现此界面）。
在此界面中选择安装语言为"中文（简体）（Chinese）"，然后单击"安装产品"即可开始安装。

　　（2）在随后出现的"选择要安装的产品"界面中选中 AutoCAD 2010 复选框，然后单击"下
一步"按钮，如图 A-2 所示。

图 A-1　AutoCAD 2010 安装界面　　　　　　　　图 A-2　选择要安装的产品

　　（3）在弹出的"接受许可协议"界面中选中"我接受"单选按钮，然后单击"下一步"按钮，
如图 A-3 所示。

　　（4）打开"产品和用户信息"界面，在其中输入相关信息，然后单击"下一步"按钮，如
图 A-4 所示。

　　（5）在弹出的界面中单击"配置"按钮，开始对 AutoCAD 2010 的安装进行配置，如图 A-5
所示。

　　（6）弹出"选择许可类型"界面，根据授权类型选择许可类型，然后单击"下一步"按钮，

如图 A-6 所示。

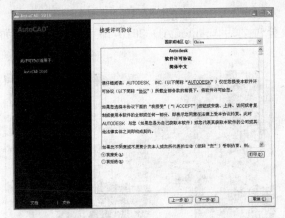

图 A-3 接受许可协议

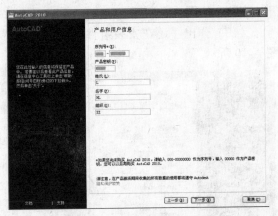

图 A-4 输入产品和用户信息

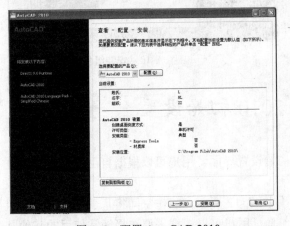

图 A-5 配置 AutoCAD 2010

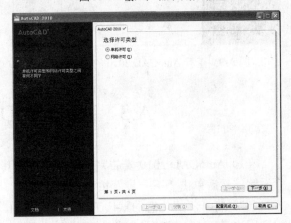

图 A-6 选择许可类型

（7）在弹出的"选择安装类型"界面中选择安装类型，然后单击"下一步"按钮，如图 A-7 所示。

（8）在弹出的界面中选择是否安装 Service Pack，然后单击"下一步"按钮，如图 A-8 所示。

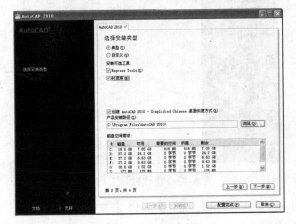

图 A-7 选择安装类型

图 A-8 选择是否安装 Service Pack

视频教学

（9）在弹出的界面中显示了 AutoCAD 2010 的安装配置，查看之后单击"安装"按钮，即可开始安装，如图 A-9 所示。

（10）弹出"还在安装组件"界面，等待数分钟之后，AutoCAD 2010 即可安装完成，如图 A-10 所示。

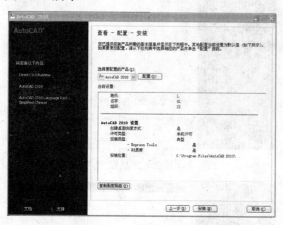

图 A-9 查看 AutoCAD 2010 的安装配置

图 A-10 安装组件

A.3 AutoCAD 2010 初始设置

（1）AutoCAD 2010 安装完成之后，进入其初始设置界面，用户可以根据自己的工作领域进行设置，然后单击"下一步"按钮，如图 A-11 所示。

（2）打开"优化您的默认工作空间"界面，如图 A-12 所示。工作空间将基于任务的工具组织到用户界面中，默认的工作空间包含二维设计工具，用户可以根据需要选择经常使用的其他基于任务的工具，然后这些工具就会包含在默认的工作空间中。

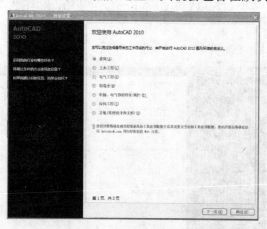

图 A-11 AutoCAD 2010 初始化设置界面

图 A-12 优化默认工作空间

（3）单击"下一步"按钮，进入"指定图形样板文件"界面，如图 A-13 所示。图形样板文件用于创建新的图形，这些图形共享同一样式和设置集合。在此界面中，用户可根据需要设置默认的图形样板文件。当然，也可以在以后更改设置。其方法是在 AutoCAD 2010 的应用程序菜单中选择"选项"命令，在弹出的如图 A-14 所示"选项"对话框中选择"用户系统配置"选项卡，即可访问这些设置。

图 A-13　指定图形样板文件

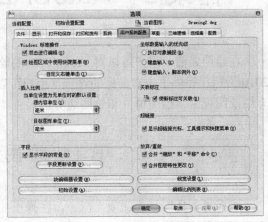

图 A-14　"选项"对话框

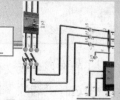

附录 B　AutoCAD 2010 绘图环境设置

在绘图之前，用户可以对 AutoCAD 的绘图环境进行设置，以便更好地进行操作。AutoCAD 2010 为用户提供了丰富多样的设置，用户可以自己揣摩，打造适合自己的绘图环境。本附录主要介绍绘图视窗、绘图单位和绘图边界的设置。

B.1　绘图视窗相关设置

选择"工具"→"选项"命令，在弹出的"选项"对话框中可以通过"显示"和"草图"等选项卡配置绘图视窗。

1. 自定义显示

在"选项"对话框中选择"显示"选项卡，如图 B-1 所示。

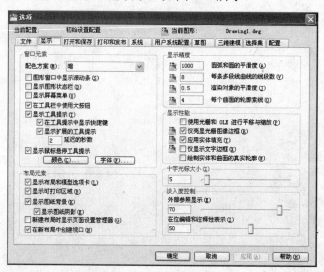

图 B-1　"显示"选项卡

其中各项功能介绍如下。

◆ 窗口元素：控制绘图环境特有的显示设置。

    ☑ 配色方案：以深色或亮色控制元素（如状态栏、标题栏、功能区和菜单栏边框）的颜色设置。

    ☑ 图形窗口中显示滚动条：在绘图区的底部和右侧显示滚动条。

    ☑ 显示图形状态栏：显示"绘图"状态栏，此状态栏将显示用于缩放注释的若干工具。图形状态栏处于打开状态时，将显示在绘图区的底部；处于关闭状态时，显示在图形状态栏中的工具将移到应用程序状态栏。

☑ 显示屏幕菜单：在绘图区的右侧显示屏幕菜单。屏幕菜单字体由 Windows 系统字体设置控制。如果使用屏幕菜单，应将 Windows 系统字体设置为字号符合屏幕菜单尺寸限制的字体。

☑ 在工具栏中使用大按钮：以 32×32 像素的更大格式显示按钮。默认显示尺寸为 16×16 像素。

☑ 显示工具提示：将光标移至功能区、菜单栏、工具栏、"图纸集管理器"对话框和"外部参照"选项板中的按钮上时，显示工具提示。

☑ 在工具提示中显示快捷键：在工具提示中显示快捷键（Alt+键、Ctrl+键)。

☑ 显示扩展的工具提示：控制扩展工具提示的显示。

☑ 延迟的秒数：设置显示基本工具提示与显示扩展工具提示之间的延迟时间。

☑ 显示鼠标悬停工具提示：控制亮显对象的工具提示的鼠标悬停显示。ROLLOVERTIPS 系统变量控制鼠标悬停工具提示的显示。

☑ 颜色：单击该按钮，在打开的"颜色选项"对话框中可以指定主应用程序窗口中元素的颜色。

☑ 字体：单击该按钮，在打开的"命令行窗口字体"对话框中可以指定命令窗口文字字体。

◆ 布局元素：控制现有布局和新布局的相应选项。布局是一个图纸空间环境，用户可在其中设置图形并打印。

☑ 显示布局和模型选项卡：在绘图区的底部显示"布局"和"模型"选项卡。取消选中该复选框后，状态栏上的按钮将替换这些选项卡。

☑ 显示可打印区域：显示布局中的可打印区域。可打印区域是指虚线内的区域，其大小由所选的输出设备决定。在打印图形时，绘制在可打印区域外的对象将被剪裁或忽略。

☑ 显示图纸背景：显示布局中指定的图纸背景。图纸尺寸和打印比例确定图纸背景的尺寸。

☑ 显示图纸阴影：在布局中显示图纸背景周围的阴影。如果未选中"显示图纸背景"复选框，则该复选框不可用。

☑ 新建布局时显示页面设置管理器：第一次选择"布局"选项卡时，将打开页面设置管理器，在其中可以设置与图纸和打印相关的选项。

☑ 在新布局中创建视口：在创建新布局时自动创建单个视口。

◆ 显示精度：控制对象的显示质量。如果设置较高的值将提高显示质量，但性能将受到显著影响。

☑ 圆弧和圆的平滑度：控制圆、圆弧和椭圆的平滑度。值越高，生成的对象越平滑，重生成、平移和缩放对象所需的时间也就越多。可以在绘图时将该选项设置为较低的值（如 100)，而在渲染时增加该选项的值，从而提高性能。有效取值范围为 1～20000，默认设置为 1000。该设置保存在图形中。要更改新图形的默认值，可在用于创建新图形的样板文件中指定此设置。

☑ 每条多段线曲线的线段数：设置每条多段线曲线生成的线段数目。数值越高，对性能

的影响越大。可以将此选项设置为较小的值（如 4）来优化绘图性能。取值范围为
-32767～32767，默认设置为 8。该设置保存在图形中。

☑ 渲染对象的平滑度：控制着色和渲染曲线形实体的平滑度。通常将"渲染对象的平滑度"的输入值乘以"圆弧和圆的平滑度"的输入值来确定如何显示实体对象。要提高性能，可在绘图时将"渲染对象的平滑度"设置为 1 或更低。数值越大，显示性能越差，渲染时间也越长。有效值的范围为 0.01～10，默认设置为 0.5。该设置保存在图形中。

☑ 每个曲面的轮廓索线：设置对象上每个曲面的轮廓线数目。数目越多，显示性能越差，渲染时间也越长。有效取值范围为 0～2047，默认设置为 4。该设置保存在图形中。

◆ 显示性能：控制影响性能的显示设置。

☑ 使用光栅和 OLE 进行平移与缩放：控制在使用实时 PAN 和 ZOOM 时光栅图像和 OLE 对象的显示。取消选中此复选框可优化性能。如果打开了拖动显示并选中该复选框，将有一个对象的副本随着光标移动，就好像是在重定位原始位置。拖动显示控制在拖动对象时是否显示其轮廓。DRAGMODE 系统变量控制拖动显示。

☑ 仅亮显光栅图像边框：控制光栅图像选择时的显示。如果选中此复选框，则光栅图像被选中时只亮显图像边框。选中此复选框可以优化性能。

☑ 应用实体填充：显示对象中的实体填充。要想使此设置生效，必须重新生成图形。该设置保存在图形中。取消选中此复选框可优化性能。受 FILL 命令影响的对象包括图案填充（包括实体填充）、二维实面、宽多段线、多行和宽线。

☑ 仅显示文字边框：只显示文字对象的边框，而不显示文字对象。在选中或取消选中此复选框之后，必须使用 REGEN 更新显示。该设置保存在图形中。选中此复选框可以优化性能。

☑ 绘制实体和曲面的真实轮廓：控制在当前视觉样式设置为二维线框或三维线框时，是否显示三维实体对象的轮廓边。此外，该复选框还可控制当三维实体对象被隐藏时，是绘制网格还是不显示网格。该设置保存在图形中。取消选中此复选框可优化性能。

◆ 十字光标大小：控制十字光标的尺寸。有效值的范围为全屏幕的 1%～100%。在设定为 100% 时，看不到十字光标的末端；当尺寸减为 99% 或更小时，十字光标才有限的尺寸，当光标的末端位于图形区域的边界时可见。默认尺寸为 5%。

◆ 淡入度控制：控制 DWG 外部参照和参照编辑的淡入度的值。

☑ 外部参照显示：指定外部参照图形的淡入度的值。此选项仅影响屏幕上的显示，而不影响打印或打印预览。可通过 XDWGFADECTL 系统变量定义 DWG 外部参照的淡入百分比。有效值范围为-90～90 之间的整数，默认设置是 70%。如果 XDWGFADECTL 设置为负值，则不会启用外部参照淡入功能，但将存储设置。

☑ 在位编辑与注释性表示：在位编辑参照的过程中指定对象的淡入度值。未被编辑的对象将以较低强度显示。通过在位编辑参照，可以编辑当前图形中的块参照或外部参照。有效值范围为 0%～90%，默认设置为 50%。

2. 自定义草图

在"选项"对话框中选择"草图"选项卡，如图 B-2 所示。

视频教学

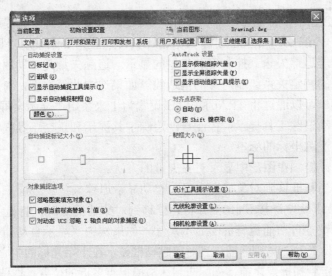

图 B-2   "草图"选项卡

其中各项功能介绍如下。

◆ 自动捕捉设置：控制使用对象捕捉时显示的形象化辅助工具（称为自动捕捉）的相关设置。AutoSnap™（自动捕捉）设置保存在注册表中。如果光标或靶框位于对象上，可以按 Tab 键遍历该对象可用的所有捕捉点。

　☑ 标记：控制自动捕捉标记的显示。该标记是当十字光标移到捕捉点上时显示的几何符号。

　☑ 磁吸：打开或关闭自动捕捉磁吸。磁吸是指十字光标自动移动并锁定到最近的捕捉点上。

　☑ 显示自动捕捉工具提示：控制自动捕捉工具提示的显示。工具提示是一个标签，用来描述捕捉到的对象部分。

　☑ 显示自动捕捉靶框：控制自动捕捉靶框的显示。靶框是捕捉对象时出现在十字光标内部的方框（APBOX 系统变量）。

　☑ 颜色：单击该按钮，将打开"图形窗口颜色"对话框。

◆ 自动捕捉标记大小：设置自动捕捉标记的显示尺寸。

◆ 对象捕捉选项：指定对象捕捉的相关选项。

　☑ 忽略图案填充对象：指定在打开对象捕捉时，对象捕捉忽略填充图案。

　☑ 使用当前标高替换 Z 值：指定对象捕捉忽略对象捕捉位置的 Z 值，并使用为当前 UCS 设置的标高的 Z 值。

　☑ 对动态 UCS 忽略 Z 轴负向的对象捕捉：指定使用动态 UCS 期间对象捕捉忽略具有负 Z 值的几何体。

◆ AutoTrack 设置：控制与 AutoTrack™行为相关的设置，此设置在启用极轴追踪或对象捕捉追踪时可用。

　☑ 显示极轴追踪矢量：当极轴追踪打开时，将沿指定角度显示一个矢量。使用极轴追踪，可以沿角度绘制直线。极轴角是 90°的约数，如 45°、30° 和 15°。在三维视图中，也会显示平行于 UCS 的 Z 轴的极轴追踪矢量，并且工具提示沿 Z 轴的方向显示角度的+Z 或-Z。可以通过将 TRACKPATH 设置为 2 来禁用"显示极轴追踪矢量"。

☑ 显示全屏追踪矢量：控制追踪矢量的显示。追踪矢量是辅助用户按特定角度或与其他对象的特定关系绘制对象的构造线。如果选中此复选框，对齐矢量将显示为无限长的线。可以通过将 TRACKPATH 设置为 1 来禁用"显示全屏追踪矢量"。

☑ 显示自动追踪工具提示：控制自动追踪工具提示和正交工具提示的显示。工具提示是显示追踪坐标的标签。

◆ 对齐点获取：控制在图形中显示对齐矢量的方法。

☑ 自动：当靶框移到对象捕捉上时，自动显示追踪矢量。

☑ 用 Shift 键获取：按 Shift 键并将靶框移到对象捕捉上时，将显示追踪矢量。

◆ 靶框大小：设置自动捕捉靶框的显示尺寸。如果选中"显示自动捕捉靶框"复选框（或将 APBOX 设置为 1），则当捕捉到对象时靶框显示在十字光标的中心。靶框的大小确定磁吸将靶框锁定到捕捉点之前，光标应到达与捕捉点多近的位置。取值范围为 1～50 像素。

◆ 设计工具提示外观：单击该按钮，在弹出的"工具提示外观"对话框中可以控制绘图工具提示的颜色、大小和透明度。

◆ 光线轮廓设置：单击该按钮，将打开显示"光线轮廓外观"对话框。

◆ 相机轮廓设置：单击该按钮，将打开显示"相机轮廓外观"对话框。

对"草图"的设置，可以令用户更方便地绘图。

B.2　绘图单位相关设置

选择"格式"→"单位"命令，弹出如图 B-3 所示的"图形单位"对话框，用户可以从中对绘图单位进行相应设置，进而控制坐标角度的显示精度和格式。

图 B-3　"图形单位"对话框

其中各项功能介绍如下。

◆ 长度：指定测量的当前单位及其精度。

☑ 类型：设置测量单位的当前格式。该下拉列表框中提供了 5 种类型，即"建筑"、"小数"、"工程"、"分数"和"科学"。其中，"工程"和"建筑"类型提供英尺和英寸显示并假定每个图形单位表示一英寸，而其他格式可表示任何真实世界单位。

☑ 精度：设置线性测量值显示的小数位数或分数大小。

◆ 角度：指定当前角度格式和当前角度显示的精度。

☑ 类型：设置当前角度格式。

☑ 精度：设置当前角度显示的精度。

☑ 顺时针：以顺时针方向计算正的角度值。默认的正角度方向是逆时针方向。当提示用户输入角度时，可以单击所需方向或输入角度，而不必考虑"顺时针"设置。

◆ 插入时的缩放单位：控制插入到当前图形中的块和图形的测量单位。如果块或图形创建时使用的单位与在该栏中指定的单位不同，则在插入这些块或图形时，将对其按比例缩放。插入比例是源块或图形使用的单位与目标图形使用的单位之比。如果插入块时不按指定单位缩放，可在"用于缩放插入内容的单位"下拉列表框中选择"无单位"。注意，当源块或目标图形中的插入比例设置为"无单位"时，将使用"选项"对话框的"用户系统配置"选项卡中的"源内容单位"和"目标图形单位"进行设置。

◆ 输出样例：显示用当前单位和角度设置的例子。

◆ 光源：控制当前图形中光度控制光源的强度测量单位。

◆ 方向：单击该按钮，将打开"方向控制"对话框。

图形单位是绘图中不可忽视的一份子，设置合适的单位也有助于绘图。

B.3　绘图边界相关设置

通常情况下，绘图用纸的规格都会选择 A0～A4。由于幅面有限，为了完整地展现所绘图形，用户可以对图形的边界进行限制。设置图形界限只需指定范围即可。例如，通过指定对角点来指定范围，如图 B-4 所示。

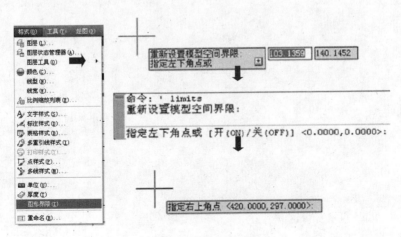

图 B-4　设置图形界限

视频教学

完成图形界限设置之后，当图形超出了设定的范围时，命令行将提示"**超出图形界限"，从而阻止超出范围的绘图，如图 B-5 所示。

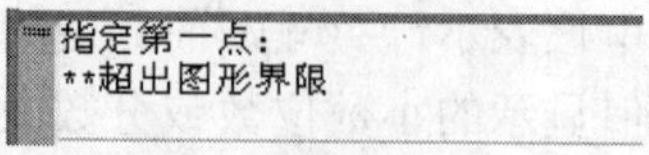

```
指定第一点：
**超出图形界限
```

图 B-5　超界提示

若想解除图形界限的约束，需重新选择"图形界限"命令，在指定左下点时输入"OFF"命令，如图 B-6 所示。

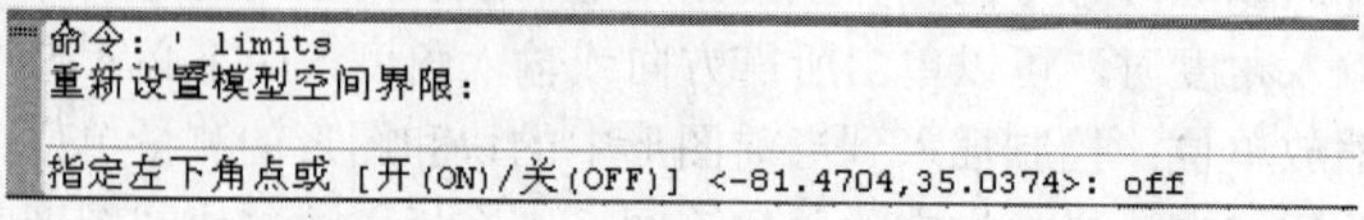

```
命令：' limits
重新设置模型空间界限：

指定左下角点或 [开(ON)/关(OFF)] <-81.4704,35.0374>: off
```

图 B-6　解除图形界限的约束

附录 C   AutoCAD 2010 打印出图

图形绘制完之后，即可将其输出了。图纸的输出有多种方式，如打印、网络发布等。但是在输出之前，还应该对图纸创建布局，以保证输出的图形符合相关规范。

C.1   创建图纸的布局

创建布局最简便的方法是利用布局向导来创建，具体步骤如下：

（1）选择"插入"→"布局"→"创建布局向导"命令，在打开的"创建布局-开始"界面中输入新布局的名称，然后单击"下一步"按钮，如图 C-1 所示。

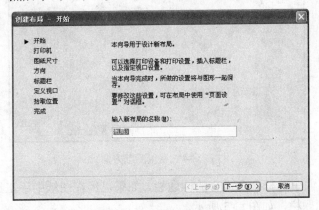

图 C-1   开始创建布局

（2）在打开的界面中为新布局选择配置的绘图仪，然后单击"下一步"按钮，如图 C-2 所示。

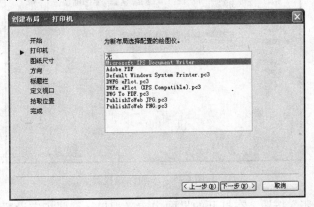

图 C-2   选择打印机

（3）在打开的界面中设置图纸尺寸，然后单击"下一步"按钮，如图 C-3 所示。

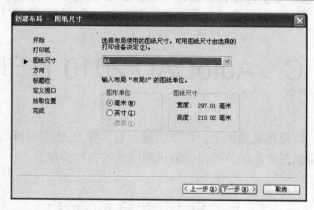

图 C-3　设置图纸尺寸

（4）在打开的界面中设置图形在图纸上的方向，然后单击"下一步"按钮，如图 C-4 所示。

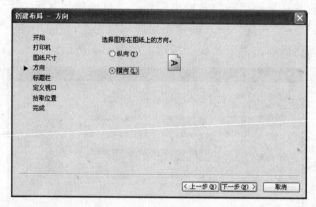

图 C-4　设置图纸方向

（5）在打开的界面中选择一个适合的标题栏，如果已经在图纸中手工绘制了标题栏，则可以选择"无"，不添加标题栏，如图 C-5 所示。

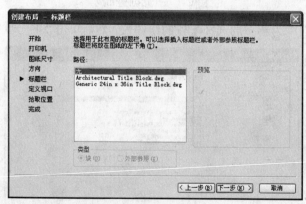

图 C-5　添加标题栏

（6）单击"下一步"按钮，在打开的界面中定义视口（需要指定设置类型、比例、行数、列数和间距），如图 C-6 所示。

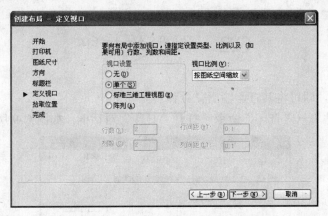

图 C-6　定义视口

（7）单击"下一步"按钮，在打开的界面中对拾取位置进行设置。单击"选择位置"按钮，在图形中指定视口配置的位置，然后按 Enter 键，如图 C-7 所示。

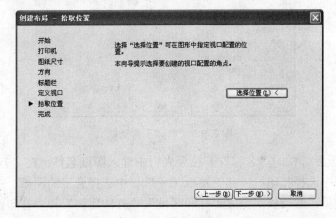

图 C-7　拾取位置

（8）单击"下一步"按钮，进入"创建布局-完成"界面。这时，单击"完成"按钮，即可完成布局的创建，如图 C-8 所示。

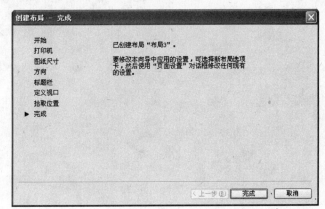

图 C-8　完成布局的创建

视频教学

C.2　图形的打印

布局创建完之后，即可将其打印输出。具体步骤如下：

（1）选择"文件"→"打印"命令，打开"打印"对话框，如图 C-9 所示。

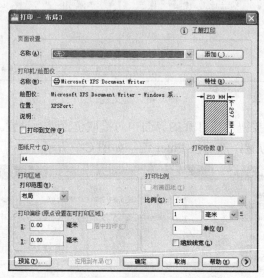

图 C-9　"打印"对话框

（2）在"页面设置"栏的"名称"下拉列表框中输入图纸名称；在"打印机/绘图仪"栏的"名称"下拉列表框中选择打印机；在"图纸尺寸"栏中选择合适的图纸，在"打印份数"数值框中输入要打印的数量；然后依次完成"打印区域"、"打印比例"和"打印偏移"栏的设置，单击"确定"按钮，即可打印。

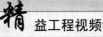

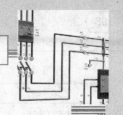

附录 D AutoCAD 2010 命令集及系统变量

AutoCAD 2010 提供的命令及其功能如表 D-1 所示（引自网络）。

表 D-1 AutoCAD 2010 命令集

命　令	说　明
3D	创建三维网格对象
3DARRAY	创建三维阵列
3DCLIP	调整剪裁平面
3DCORBIT	设置对象在三维视图中连续运动
3DDISTANCE	调整对象显示距离
3DFACE	创建三维面
3DMESH	创建自由格式的多边形网格
3DORBIT	控制在三维空间中交互式查看对象
3DPAN	三维视图平移
3DPOLY	绘制三维多段线
3DSIN	输入 3DStudio（3DS）文件
3DSOUT	输出 3DStudio（3DS）文件
3DSWIVEL	旋转相机
3DZOOM	三维视图缩放
ABOUT	显示关于 AutoCAD 的信息（可透明使用）
ACISIN	输入 ACIS 文件
ACISOUT	将 AutoCAD 实体对象输出到 ACIS 文件中
ADCCLOSE	关闭 AutoCAD 设计中心
ADCENTER	启动 AutoCAD 设计中心（快捷键：Ctrl+2）
ADCNAVIGATE	将 AutoCAD 设计中心的界面引至用户指定的文件名、目录名或网络路径
ALIGN	将某对象与其他对象对齐
AMECONVERT	将 AME 实体模型转换为 AutoCAD 实体对象
APERTURE	控制对象捕捉靶框大小（可透明使用）
APPLOAD	加载或卸载应用程序（可透明使用）
ARC	创建圆弧
AREA	计算对象或指定区域的面积和周长
ARRAY	创建按指定方式排列的多重对象副本
ARX	加载、卸载 ObjectARX 应用程序
ASSIST	打开"实时助手"窗口（2000i 版新增）
ATTDEF	创建属性定义

续表

命　　令	说　　明
ATTDISP	全局控制属性的可见性（可透明使用）
ATTEDIT	改变属性信息
ATTEXT	提取属性数据
ATTREDEF	重定义块并更新关联属性
ATTSYNC	根据当前块中定义的属性来更新块引用（2002 版新增）
AUDIT	检查图形的完整性
BACKGROUND	设置场景的背景效果
BASE	设置当前图形的插入基点（可透明使用）
BATTMAN	编辑块定义中的属性特性（2002 版新增）
BHATCH	使用图案填充封闭区域或选定对象
BLIPMODE	控制点标记的显示
BLOCK	根据选定对象创建块定义
BLOCKICON	为 R14 或更早版本创建的块生成预览图像
BMPOUT	输入 BMP 文件
BOUNDARY	从封闭区域创建面域或多段线
BOX	创建三维的长方体
BREAK	部分删除对象或把对象分解为两部分
BROWSER	启动系统注册表中设置的默认 Web 浏览器
CAL	计算算术和几何表达式的值（可透明使用）
CAMERA	设置相机和目标的不同位置
CHAMFER	给对象的边加倒角
CHANGE	修改现有对象的特性
CHECKSTANDARDS	根据标准文件来检查当前图形
CHPROP	修改对象的特性
CIRCLE	创建圆
CLOSE	关闭当前图形
CLOSEALL	关闭当前所有打开的图形
COLOR	定义新对象的颜色
COMPILE	编译形文件和 PostScript 字体文件
CONE	创建三维实体圆锥
CONVERT	优化 AutoCAD R13 或更早版本创建的二维多段线和关联填充
CONVERTCTB	将颜色相关打印样式表（CTB）转换为命名打印样式表（STB）
CONVERTPSTYLES	将当前图形的颜色模式由命名打印样式转换为颜色相关打印样式
COPY	复制对象
COPYBASE	带指定基点复制对象
COPYCLIP	将对象复制到剪贴板（快捷键：Ctrl+C）
COPYHIST	将命令行历史记录文字复制到剪贴板
COPYLINK	将当前视图复制到剪贴板中
CUSTOMIZE	自定义工具栏、按钮和快捷键

续表

命　　令	说　　明
CUTCLIP	将对象复制到剪贴板并从图形中删除对象（快捷键：Ctrl+X）
CYLINDER	创建三维实体圆柱
DBCCLOSE	关闭数据库连接管理器
DBLCLKEDIT	控制双击对象时是否显示对话框
DBCONNECT	为外部数据库表提供 AutoCAD 接口（快捷键：Ctrl+6）
DBLIST	列出图形中每个对象的数据库信息
DDEDIT	编辑文字和属性定义
DDPTYPE	指定点对象的显示模式及大小（可透明使用）
DDVPOINT	设置三维观察方向
DELAY	在脚本文件中提供指定时间的暂停（可透明使用）
DIM（或 DIM1）	进入标注模式
DIMALIGNED	创建对齐线性标注
DIMANGULAR	创建角度标注
DIMBASELINE	创建基线标注
DIMCENTER	创建圆和圆弧的圆心标记或中心线
DIMCONTINUE	创建连续标注
DIMDIAMETER	创建圆和圆弧的直径标注
DIMDISASSOCIATE	删除指定标注的关联性
DIMEDIT	编辑标注
DIMLINEAR	创建线性尺寸标注
DIMORDINATE	创建坐标点标注
DIMOVERRIDE	替换标注系统变量
DIMRADIUS	创建圆和圆弧的半径标注
DIMREASSOCIATE	使指定的标注与几何对象关联
DIMREGEN	更新关联标注
DIMSTYLE	创建或修改标注样式
DIMTEDIT	移动和旋转标注文字
DIST	测量两点之间的距离和角度（可透明使用）
DIVIDE	定距等分
DONUT	绘制填充的圆和环
DRAGMODE	控制 AutoCAD 显示拖动对象的方式（可透明使用）
DRAWORDER	修改图像和其他对象的显示顺序
DSETTINGS	草图设置
DSVIEWER	打开"鸟瞰视图"窗口
DVIEW	定义平行投影或透视视图
DWGPROPS	设置和显示当前图形的特性
DXBIN	输入特殊编码的二进制文件
EATTEDIT	增强的属性编辑
EATTEXT	增强的属性提取

视频教学

续表

命　　令	说　　明
EDGE	修改三维面的边缘可见性
EDGESURF	创建三维多边形网格
ELEV	设置新对象的拉伸厚度和标高特性（可透明使用）
ELLIPSE	创建椭圆或椭圆弧
ENDTODAY	关闭 Today（今日）窗口
ERASE	从图形中删除对象（快捷键：Del）
ETRANSMIT	创建一个图形及其相关文件的传递集
EXPLODE	将组合对象分解为对象组件
EXPORT	以其他文件格式保存对象
EXTEND	延伸对象到另一对象
EXTRUDE	通过拉伸现有二维对象来创建三维原型
FILL	设置对象的填充模式（可透明使用）
FILLET	给对象的边加圆角
FILTER	创建选择过滤器（可透明使用）
FIND	查找、替换、选择或缩放指定的文字
FOG	控制渲染雾化
GRAPHSCR	从文本窗口切换到图形窗口（快捷键：F2）
GRID	在当前视口中显示点栅格（可透明使用）
GROUP	创建对象的命名选择集
HATCH	用图案填充一块指定边界的区域
HATCHEDIT	修改现有的图案填充对象
HELP	显示联机帮助（快捷键：F1）
HIDE	重生成三维模型时不显示隐藏线
HYPERLINK	附着或修改超链接（快捷键：Ctrl+K）
HYPERLINKOPTIONS	控制超链接光标和提示的可见性
ID	显示位置的坐标（可透明使用）
IMAGE	管理图像
IMAGEADJUST	控制选定图像的亮度、对比度和褪色度
IMAGEATTACH	向当前图形中附着新的图形对象
IMAGECLIP	为图形对象创建新剪裁边界
IMAGEFRAME	控制图形边框的显示
IMAGEQUALITY	控制图形显示质量
IMPORT	向 AutoCAD 输入多种文件格式
INSERT	将命名块或图形插入到当前图形中
INSERTOBJ	插入链接或嵌入对象
INTERFERE	检查干涉
INTERSECT	交集运算
ISOPLANE	指定当前等轴测平面（可透明使用）
JUSTIFYTEXT	改变文字的对齐方式

续表

命　　令	说　　明
LAYER	管理图层
LAYERP	取消最后一次的图层设置修改
LAYERPMODE	控制是否进行对图层设置修改的跟踪
LAYOUT	创建和修改布局（可透明使用）
LAYOUTWIZARD	启动布局向导
LAYTRANS	根据指定的标准来转换图层
LEADER	创建一条引线将注释与一个几何特征相连
LENGTHEN	拉长对象
LIGHT	处理光源和光照效果
LIMITS	设置并控制图形边界和栅格显示（可透明使用）
LINE	创建直线
LINETYPE	创建、加载和设置线型（可透明使用）
LIST	显示选定对象的数据库信息
LOAD	加载形文件
LOGFILEOFF	关闭 LOGFILEON 命令打开的日志文件
LOGFILEON	将文本窗口中的内容写入文件
LSEDIT	编辑配景对象
PSPACE	从模型空间视口切换到图纸空间
PUBLISHTOWEB	网上发布，创建包括选定 AutoCAD 图形的 HTML 页面
PURGE	删除图形数据库中没有使用的命名对象
QDIM	快速创建标注
QLEADER	快速创建引线和引线注释
QSAVE	快速保存当前图形
QSELECT	基于过滤条件快速创建选择集
QTEXT	控制文字和属性对象的显示和打印（可透明使用）
QUIT	退出 AutoCAD（快捷键：Alt+F4）
RAY	创建单向无限长的直线
RECOVER	修复损坏的图形
RECTANG	绘制矩形多段线
REDEFINE	恢复被 UNDEFINE 替代的 AutoCAD 内部命令
REDO	恢复前一个 UNDO 或 U 命令放弃执行的效果（快捷键：Ctrl+Y）
REDRAW	刷新显示当前视口
REDRAWALL	刷新显示所有视口
REFCLOSE	保存或放弃在位编辑参照（外部参照或块）时所作的修改
REFEDIT	选择要编辑的参照
REFSET	在位编辑参照（外部参照或块）时，从工作集中添加或删除对象
REGEN	重生成图形并刷新显示当前视口
REGENALL	重新生成图形并刷新所有视口
REGENAUTO	控制自动重新生成图形（可透明使用）

视频教学

续表

命　　令	说　　明
REGION	从现有对象的选择集中创建面域对象
REINIT	重新初始化数字化仪、数字化仪的输入/输出端口和程序参数文件
RENAME	修改对象名
RENDER	创建三维线框或实体模型的具有真实感的着色图像
RENDSCR	重新显示由 RENDER 命令执行的最后一次渲染
REPLAY	显示 BMP、TGA 或 TIFF 图像
RESUME	继续执行一个被中断的脚本文件（可透明使用）
REVOLVE	绕轴旋转二维对象以创建实体
REVSURF	创建围绕选定轴旋转而成的旋转曲面
RMAT	管理渲染材质
RMLIN	将 RML 文件插入图形
ROTATE	绕基点移动对象
ROTATE3D	绕三维轴移动对象
RPREF	设置渲染系统配置
RSCRIPT	创建不断重复的脚本
RULESURF	在两条曲线间创建直纹曲面
SAVE	用当前或指定文件名保存图形（快捷键：Ctrl+S）
SAVEAS	指定名称保存未命名的图形或重命名当前图形
SAVEIMG	用文件保存渲染图像
SCALE	在 X、Y 和 Z 方向等比例放大或缩小对象
SCALETEXT	改变指定文字的大小并保持其位置不变
SCENE	管理模型空间的场景
SCRIPT	用脚本文件执行一系列命令（可透明使用）
SECTION	用剖切平面和实体截交创建面域
SELECT	将选定对象置于"上一个"选择集中
SETUV	将材质贴图到对象表面
SETVAR	列出系统变量或修改变量值
SHADEMODE	在当前视口中着色对象
SHAPE	插入形
SHELL	访问操作系统命令
SHOWMAT	列出选定对象的材质类型和附着方法
SKETCH	创建一系列徒手画线段
SLICE	用平面剖切一组实体
SNAP	规定光标按指定的间距移动（可透明使用）
SOLDRAW	在用 SOLVIEW 命令创建的视口中生成轮廓图和剖视图
SOLID	创建二维填充多边形
SOLIDEDIT	编辑三维实体对象的面和边
SOLPROF	创建三维实体图像的剖视图
SOLVIEW	在布局中使用正投影法创建浮动视口来生成三维实体及实体对象的多面视图与剖视图

续表

命　令	说　明
SPACETRANS	在模型空间和图纸空间之间转换长度值
SPELL	检查图形中文字的拼写（可透明使用）
SPHERE	创建三维实体球体
SPLINE	创建二次或三次（NURBS）样条曲线
SPLINEDIT	编辑样条曲线对象
STANDARDS	管理图形文件与标准文件之间的关联性
STATS	显示渲染统计信息
STATUS	显示图形统计信息、模式及范围（可透明使用）
STLOUT	将实体保存到 ASCII 或二进制文件中
STRETCH	移动或拉伸对象
STYLE	设置文字样式（可透明使用）
STYLESMANAGER	显示打印样式管理器
SUBTRACT	用差集创建组合面域或实体
SYSWINDOWS	排列窗口
TABLET	校准、配置、打开和关闭数字化仪
TABSURF	沿方向矢量和路径曲线创建平移曲面
TEXT	创建单行文字
TEXTSCR	打开 AutoCAD 文本窗口（可透明使用）
TIME	显示图形的日期及时间统计信息（可透明使用）
TODAY	打开"今日"窗口（2000i 版新增）
TOLERANCE	创建形位公差标注
TOOLBAR	显示、隐藏和自定义工具栏
TORUS	创建圆环形实体
TRACE	创建实线
TRANSPARENCY	控制图像的背景像素是否透明
TREESTAT	显示关于图形当前空间索引的信息（可透明使用）
TRIM	用其他对象定义的剪切边修剪对象
U	放弃上一次操作
UCS	管理用户坐标系
UCSICON	控制视口 UCS 图标的可见性和位置
UCSMAN	管理已定义的用户坐标系
UNDEFINE	允许应用程序定义的命令替代 AutoCAD 内部命令
UNDO	放弃命令的效果（快捷键：Ctrl+Z）
UNION	通过并运算创建组合面域或实体
UNITS	设置坐标和角度的显示格式和精度（可透明使用）
VBAIDE	显示 Visual Basic 编辑器（快捷键：Alt+F11）
VBALOAD	加载全局 VBA 工程到当前 AutoCAD 任务中
VBAMAN	加载、卸载、保存、创建、内嵌和提取 VBA 工程
VBARUN	运行 VBA 宏（快捷键：Alt+F8）

续表

命　令	说　明
VBASTMT	在 AutoCAD 命令行中执行 VBA 语句
VBAUNLOAD	卸载全局 VBA 工程
VIEW	保存和恢复已命名的视图（可透明使用）
VIEWRES	设置在当前视口中生成的对象的分辨率
VLISP	显示 Visual LISP 交互式开发环境（IDE）
VPCLIP	剪裁视口对象
VPLAYER	设置视口中图层的可见性
VPOINT	设置图形的三维直观图的查看方向
VPORTS	将绘图区拆分为多个平铺的视口
VSLIDE	在当前视口中显示图像幻灯片文件
WBLOCK	将块对象写入新图形文件
WEDGE	创建三维实体使其倾斜面尖端沿 X 轴正向
WHOHAS	显示打开的图形文件的内部信息
WMFIN	输入 Windows 图元文件
WMFOPTS	设置 WMFIN 选项
WMFOUT	以 Windows 图元文件格式保存对象
XATTACH	将外部参照附着到当前图形中
XBIND	将外部参照依赖符号绑定到图形中
XCLIP	定义外部参照或块剪裁边界，并且设置前剪裁面和后剪裁面
XLINE	创建无限长的直线（即参照线）
XPLODE	将组合对象分解为组件对象
XREF	控制图形中的外部参照
ZOOM	放大或缩小当前视口对象

AutoCAD 2010 提供的系统变量及其功能如表 D-2 所示（引用网络）。

表 D-2　AutoCAD 2010 系统变量

系　统　变　量	说　明
ACADLSPASDOC	其值为 0 时，仅将 acad.lsp 加载到 AutoCAD 任务打开的第一个图形中；为 1 时，将 acad.lsp 加载到每一个打开的图形中
ACADPREFIX	存储由 ACAD 环境变量指定的目录路径（如果有的话），如果需要则附加路径分隔符
ACADVER	存储 AutoCAD 的版本号。这个变量与 DXF 文件标题变量$ACADVER 不同，后者包含图形数据库的级别号
ACISOUTVER	控制 ACISOUT 命令创建的 SAT 文件的 ACIS 版本。ACISOUT 支持值 15～18、20、21、30、40、50、60 和 70
AFLAGS	设置 ATTDEF 位码的属性标志。0：无选定的属性模式；1：不可见；2：固定；4：验证；8：预置
ANGBASE	类型：实数；保存位置：图形；初始值：0.0000，相对于当前 UCS 将基准角设置为 0 度

续表

系 统 变 量	说　　明
ANGDIR	设置正角度的方向。初始值为 0，从相对于当前 UCS 方向的 0 角度测量角度值。0：逆时针；1：顺时针
APBOX	打开或关闭 AutoSnap 靶框。当捕捉对象时，靶框显示在十字光标的中心。0：不显示靶框；1：显示靶框
APERTURE	以像素为单位设置靶框显示尺寸。靶框是绘图操作中常用的选择工具。初始值为 10
AREA	AREA 既是命令又是系统变量，存储由 AREA 计算的最后一个面积值
ATTDIA	控制 INSERT 命令是否使用对话框用于属性值的输入。0：给出命令行提示；1：使用对话框
ATTMODE	控制属性的显示。0：关，使所有属性不可见；1：普通，保持每个属性当前的可见性；2：开，使全部属性可见
ATTREQ	确定 INSERT 命令在插入块时的默认属性设置。0：所有属性均采用各自的默认值；1：使用对话框获取属性值
AUDITCTL	控制 AUDIT 命令是否创建核查报告（ADT）文件。0：禁止写 ADT 文件；1：写 ADT 文件
AUNITS	设置角度单位。0：十进制度数；1：度/分/秒；2：百分度；3：弧度；4：勘测单位
AUPREC	设置所有只读角度单位（显示在状态栏上）和可编辑角度单位（其精度小于或等于当前 AUPREC 的值）的小数位数
AUTOSNAP	0：关闭（自动捕捉）；1：打开；2：打开提示；4：打开磁吸；8：打开极轴追踪；16：打开捕捉追踪；32：打开极轴追踪和捕捉追踪提示
BACKZ	以绘图单位存储当前视口后向剪裁平面到目标平面的偏移值。VIEWMODE 系统变量中的后向剪裁位打开时才有效
BINDTYPE	控制绑定或在位编辑外部参照时外部参照名称的处理方式。0：传统的绑定方式；1：类似"插入"方式
BLIPMODE	控制点标记是否可见。BLIPMODE 既是命令又是系统变量。使用 SETVAR 命令访问此变量。0：关闭；1：打开
CDATE	设置日历的日期和时间，不被保存
CECOLOR	设置新对象的颜色。有效值包括 BYLAYER、BYBLOCK 以及 1～255 间的整数
CELTSCALE	设置当前对象的线型比例因子
CELTYPE	设置新对象的线型。初始值：BYLAYER
CELWEIGHT	设置新对象的线宽。1：线宽为 BYLAYER；2：线宽为 BYBLOCK；3：线宽为 DEFAULT
CHAMFERA	设置第一个倒角距离。初始值：0.0000
CHAMFERB	设置第二个倒角距离。初始值：0.0000
CHAMFERC	设置倒角长度。初始值：0.0000
CHAMFERD	设置倒角角度。初始值：0.0000
CHAMMODE	设置 AutoCAD 创建倒角时的输入方法。0：需要两个倒角距离；1：需要一个倒角距离和一个角度
CIRCLERAD	设置默认的圆半径，其值为 0 时表示无默认半径。初始值：0.0000
CLAYER	设置当前图层。初始值：0
CMDACTIVE	存储位码值，此位码值指示激活的是普通命令、透明命令、脚本还是对话框
CMDDIA	输入方式的切换。0：命令行输入；1：对话框输入

续表

系 统 变 量	说　明
CMDECHO	控制在 AutoLISP 的 command 函数运行时 AutoCAD 是否回显提示和输入。0：关闭回显；1：打开回显
CMDNAMES	显示当前活动命令和透明命令的名称。例如 LINE'ZOOM 指示 ZOOM 命令在 LINE 命令执行期间被透明使用
CMLJUST	指定多线对正方式。0：上；1：中间；2：下。初始值：0
CMLSCALE	控制多线的全局宽度。初始值：1.0000（英制）或 20.0000（公制）
CMLSTYLE	设置 AutoCAD 绘制多线的样式。初始值：STANDARD
COMPASS	控制当前视口中三维指南针的开关状态。0：关闭三维指南针；1：打开三维指南针
COORDS	0：用定点设备指定点时更新坐标显示；1：不断地更新绝对坐标的显示；2：连续更新定点设备的绝对坐标（需要点、距离或角度时除外）。在该情况下，将显示相对极坐标而不显示 X 和 Y。Z 值始终显示为绝对坐标
CPLOTSTYLE	控制新对象的当前打印样式
CPROFILE	显示当前配置的名称
CTAB	返回图形中当前选项卡（"模型"或"布局"）的名称。通过本系统变量，用户可以确定当前的活动选项卡
CURSORSIZE	按屏幕大小的百分比确定十字光标的大小。初始值：5
CVPORT	设置当前视口的标识码
DATE	存储当前日期和时间
DBMOD	用位码指示图形的修改状态。1：对象数据库被修改；4：数据库变量被修改；8：窗口被修改；16：视图被修改
DCTCUST	显示当前自定义拼写词典的路径和文件名
DCTMAIN	显示当前的主拼写词典的文件名
DEFLPLSTYLE	指定图层 0 的默认打印样式
DEFPLSTYLE	为新对象指定默认打印样式
DELOBJ	控制创建其他对象的对象将从图形数据库中删除还是保留在图形数据库中。0：保留对象；1：删除对象
DEMANDLOAD	当图形包含由第三方应用程序创建的自定义对象时，指定 AutoCAD 是否以及何时按需加载此应用程序
DIASTAT	存储最近一次使用的对话框的退出方式。0：取消；1：确定
DIMADEC	1：使用 DIMDEC 设置的小数位数绘制角度标注；0～8：使用 DIMADEC 设置的小数位数绘制角度标注
DIMALT	控制标注中换算单位的显示。关：禁用换算单位；开：启用换算单位
DIMALTD	控制换算单位中小数位数
DIMALTF	控制换算单位乘数
DIMALTRND	舍入换算标注单位
DIMALTTD	设置标注换算单位公差值的小数位数
DIMALTTZ	控制是否对公差值作消零处理
DIMALTU	为所有标注样式族（角度标注除外）换算单位设置单位格式
DIMALTZ	控制是否对换算单位标注值作消零处理。DIMALTZ 值为 0～3 时只影响英尺-英寸标注

续表

系 统 变 量	说　明
DIMAPOST	为所有标注类型（角度标注除外）的换算标注测量值指定文字前缀或后缀
DIMASSOC	控制标注对象的关联性
DIMASZ	控制尺寸线、引线箭头的大小，并控制基线的大小
DIMATFIT	当尺寸界线的空间不足以同时放下标注文字和箭头时，本系统变量将确定这两者的排列方式
DIMAUNIT	设置角度标注的单位格式。0：十进制度数；1：度/分/秒；2：百分度；3：弧度
DIMAZIN	对角度标注作消零处理
DIMBLK	设置尺寸线或引线末端显示的箭头块
DIMBLK1	当 DIMSAH 系统变量打开时，设置尺寸线第一个端点的箭头
DIMBLK2	当 DIMSAH 系统变量打开时，设置尺寸线第二个端点的箭头
DIMCEN	控制由 DIMCENTER、DIMDIAMETER 和 DIMRADIUS 命令绘制的圆或圆弧的圆心标记和中心线图形
DIMCLRD	为尺寸线、箭头和标注引线指定颜色，同时控制由 LEADER 命令创建的引线颜色
DIMCLRE	为尺寸界线指定颜色
DIMCLRT	为标注文字指定颜色
DIMDEC	设置标注主单位显示的小数位数，精度基于选定的单位或角度格式
DIMDLE	当使用小斜线代替箭头进行标注时，设置尺寸线超出尺寸界线的距离
DIMDLI	控制基线标注中尺寸线的间距
DIMDSEP	指定一个单字符作为创建十进制标注时使用的小数分隔符
DIMEXE	指定尺寸界线超出尺寸线的距离
DIMEXO	指定尺寸界线偏移原点的距离
DIMFIT	旧式，除用于保留脚本的完整性外没有任何影响。DIMFIT 已被系统变量 DIMATFIT DIMTMOVE 取代
DIMFRAC	在 DIMLUNIT 系统变量设置为 4（建筑）或 5（分数）时设置分数格式。0：水平；1：斜；2：不堆叠
DIMGAP	当尺寸线分成段以在两段之间放置标注文字时，设置标注文字周围的距离
DIMJUST	控制标注文字的水平位置
DIMLDRBLK	指定引线箭头的类型。要返回默认值（实心闭合箭头显示），应输入单个句点（.）
DIMLFAC	设置线性标注测量值的比例因子
DIMLIM	将极限尺寸生成为默认文字
DIMLUNIT	为所有标注类型（除角度标注外）设置单位制
DIMLWD	指定尺寸线的线宽。其值是标准线宽
DIMLWE	指定尺寸界线的线宽。其值是标准线宽
DIMPOST	指定标注测量值的文字前缀或后缀（或者两者都指定）
DIMRND	将所有标注距离舍入到指定值
DIMSAH	控制尺寸线箭头块的显示
DIMSCALE	为标注变量（指定尺寸、距离或偏移量）设置全局比例因子；同时还影响 LEADER 命令创建的引线对象的比例
DIMSD1	控制是否禁止显示第一条尺寸线
DIMSD2	控制是否禁止显示第二条尺寸线

视频教学

续表

系 统 变 量	说　明
DIMSE1	控制是否禁止显示第一条尺寸界线。关：不禁止显示尺寸界线；开：禁止显示尺寸界线
DIMSE2	控制是否禁止显示第二条尺寸界线。关：不禁止显示尺寸界线；开：禁止显示尺寸界线
DIMSHO	旧式，除用于保留脚本的完整性外没有任何影响
DIMSOXD	控制是否允许尺寸线绘制到尺寸界线之外。关：不消除尺寸线；开：消除尺寸线
DIMSTYLE	DIMSTYLE 既是命令又是系统变量。作为系统变量，DIMSTYLE 将显示当前标注样式
DIMTAD	控制文字相对尺寸线的垂直位置
DIMTDEC	为标注主单位的公差值设置显示的小数位数
DIMTFAC	按照 DIMTXT 系统变量的设置，相对于标注文字高度给分数值和公差值的文字高度指定比例因子
DIMTIH	控制所有标注类型（坐标标注除外）的标注文字在尺寸界线内的位置
DIMTIX	在尺寸界线之间绘制文字
DIMTM	在 DIMTOL 系统变量或 DIMLIM 系统变量为开的情况下，为标注文字设置最小（下）偏差
DIMTMOVE	设置标注文字的移动规则
DIMTOFL	控制是否将尺寸线绘制在尺寸界线之间（即使文字放置在尺寸界线之外）
DIMTOH	控制标注文字在尺寸界线外的位置。0 或关：将文字与尺寸线对齐；1 或开：水平绘制文字
DIMTOL	将公差附在标注文字之后。将 DIMTOL 设置为"开"，将关闭 DIMLIM 系统变量
DIMTOLJ	设置公差值相对名词性标注文字的垂直对正方式。0：下；1：中间；2：上
DIMTP	在 DIMTOL 或 DIMLIM 系统变量设置为开的情况下，为标注文字设置最大（上）偏差。DIMTP 接受带符号的值
DIMTSZ	指定线性标注、半径标注以及直径标注中替代箭头的小斜线尺寸
DIMTVP	控制尺寸线上方或下方标注文字的垂直位置。当 DIMTAD 设置为"关"时，AutoCAD 将使用 DIMTVP 的值
DIMTXSTY	指定标注的文字样式
DIMTXT	指定标注文字的高度，除非当前文字样式具有固定的高度
DIMTZIN	控制是否对公差值作消零处理
DIMUNIT	旧式，除用于保留脚本的完整性外没有任何影响。DIMUNIT 已被 DIMLUNIT 和 DIMFRAC 系统变量取代
DIMUPT	控制用户定位文字的选项。0：光标仅控制尺寸线的位置；1 或开：光标控制文字以及尺寸线的位置
DIMZIN	控制是否对主单位值作消零处理
DISPSILH	控制"线框"模式下实体对象轮廓曲线的显示，并控制在实体对象被消隐时是否绘制网格。0：关；1：开
DISTANCE	存储 DIST 命令计算的距离
DONUTID	设置圆环的默认内直径
DONUTOD	设置圆环的默认外直径。此值不能为零

续表

系 统 变 量	说 明
DRAGMODE	控制拖动对象的显示
DRAGP1	设置重生成拖动模式下的输入采样率
DRAGP2	设置快速拖动模式下的输入采样率
DWGCHECK	在打开图形时检查图形中的潜在问题
DWGCODEPAGE	存储与 SYSCODEPAGE 系统变量相同的值（出于兼容性的原因）
DWGNAME	存储用户输入的图形名
DWGPREFIX	存储图形文件的驱动器/目录前缀
DWGTITLED	指出当前图形是否已命名。0：图形未命名；1：图形已命名
EDGEMODE	控制 TRIM 和 EXTEND 命令确定边界的边和剪切边的方式
ELEVATION	存储当前空间当前视口中相对当前 UCS 的当前标高值
EXPERT	控制是否显示某些特定提示
EXPLMODE	控制 EXPLODE 命令是否支持比例不一致（NUS）的块
EXTMAX	存储图形范围右上角点的值
EXTMIN	存储图形范围左下角点的值
EXTNAMES	为存储于定义表中的命名对象名称（如线型和图层）设置参数
FACETRATIO	控制圆柱或圆锥 ShapeManager 实体镶嵌面的宽高比。设置为 1 将增加网格密度以改善渲染模型和着色模型的质量
FACETRES	调整着色对象和渲染对象的平滑度，对象的隐藏线被删除。有效值为 0.01～10.0
FILEDIA	控制与读写文件命令一起使用的对话框的显示
FILLETRAD	存储当前的圆角半径
FILLMODE	指定图案填充（包括实体填充和渐变填充）、二维实体和宽多段线是否被填充
FONTALT	在找不到指定的字体文件时指定替换字体
FONTMAP	指定要用到的字体映射文件
FRONTZ	按图形单位存储当前视口中前向剪裁平面到目标平面的偏移量
FULLOPEN	指示当前图形是否被局部打开
GFANG	指定渐变填充的角度。有效值为 0°～360°
GFCLR1	为单色渐变填充或双色渐变填充的第一种颜色指定颜色。有效值为 "RGB 000, 000, 000" ～ "RGB 255, 255, 255"
GFCLR2	为双色渐变填充的第二种颜色指定颜色。有效值为 "RGB 000, 000, 000" 到 "RGB 255, 255, 255"
GFCLRLUM	在单色渐变填充中使颜色变淡（与白色混合）或变深（与黑色混合）。有效值为 0.0（最暗）～1.0（最亮）
GFCLRSTATE	指定是否在渐变填充中使用单色或者双色。0：双色渐变填充；1：单色渐变填充
GFNAME	指定一个渐变填充图案。有效值为 1～9
GFSHIFT	指定渐变填充中的图案是否是居中还是向左变换移位。0：居中；1：向左上方移动
GRIDMODE	指定打开或关闭栅格。0：关闭栅格；1：打开栅格
GRIDUNIT	指定当前视口的栅格间距（X 和 Y 方向）
GRIPBLOCK	控制块中夹点的指定。0：只为块的插入点指定夹点；1：为块中的对象指定夹点
GRIPCOLOR	控制未选定夹点的颜色。有效取值范围为 1～255
GRIPHOT	控制选定夹点的颜色。有效取值范围为 1～255

视频教学

续表

系 统 变 量	说　　明
GRIPHOVER	控制当光标停在夹点上时其夹点的填充颜色。有效取值范围为 1~255
GRIPOBJLIMIT	控制当初始选择集包含的对象超过特定的数量时夹点的显示
GRIPS	控制"拉伸"、"移动"、"旋转"、"缩放"和"镜像夹点"模式中选择集夹点的使用
GRIPSIZE	以像素为单位设置夹点方框的大小。有效取值范围为 1~255
GRIPTIPS	控制当光标在支持夹点提示的自定义对象上悬停时，其夹点提示的显示
HALOGAP	指定当一个对象被另一个对象遮挡时，显示一个间隙
HANDLES	报告应用程序是否可以访问对象句柄。因为句柄不能再被关闭，所以只用于保留脚本的完整性，没有其他影响
HIDEPRECISION	控制消隐和着色的精度
HIDETEXT	指定在执行 HIDE 命令的过程中是否处理由 TEXT、DTEXT 或 MTEXT 命令创建的文字对象
HIGHLIGHT	控制对象的亮显。它并不影响使用夹点选定的对象
HPANG	指定填充图案的角度
HPASSOC	控制图案填充和渐变填充是否关联
HPBOUND	控制 BHATCH 和 BOUNDARY 命令创建的对象类型
HPDOUBLE	指定用户定义图案的双向填充图案。双向将指定与原始直线成 90 度角绘制的第二组直线
HPNAME	设置默认填充图案，其名称最多可包含 34 个字符，其中不能有空格
HPSCALE	指定填充图案的比例因子，其值不能为零
HPSPACE	为用户定义的简单图案指定填充图案的线间隔，其值不能为零
HYPERLINKBASE	指定图形中用于所有相对超链接的路径。如果未指定值，图形路径将用于所有相对超链接
IMAGEHLT	控制亮显整个光栅图像还是光栅图像边框
INDEXCTL	控制是否创建图层和空间索引并保存到图形文件中
INETLOCATION	存储 BROWSER 命令和"浏览 Web"对话框使用的 Internet 网址
INSBASE	存储 BASE 命令设置的插入基点，以当前空间的 UCS 坐标表示
INSNAME	为 INSERT 命令设置默认块名。此名称必须符合符号命名惯例
INSUNITS	为从设计中心拖动并插入到图形中的块或图像的自动缩放指定图形单位值
INSUNITSDEFSOURCE	设置源内容的单位值，有效范围为 0~20
INSUNITSDEFTARGET	设置目标图形的单位值，有效范围为 0~20
INTERSECTIONCOLOR	指定相交多段线的颜色
INTERSECTIONDISPLA	控制相交多段线的显示
ISAVEBAK	ISAVEBAK 控制备份文件（BAK）的创建
ISAVEPERCENT	确定图形文件中所能允许的损耗空间的总量
ISOLINES	指定对象上每个面的轮廓线的数目。有效值为 0~2047 间的整数
LASTANGLE	存储相对当前空间当前 UCS 的 XY 平面输入的上一圆弧端点角度
LASTPOINT	存储上一次输入的点，用当前空间的 UCS 坐标值表示；如果通过键盘来输入，则应添加"@"符号
LASTPROMPT	存储回显在命令行的上一个字符串

续表

系 统 变 量	说　　明
LAYOUTREGENCTL	指定"模型"选项卡和"布局"选项卡中的显示列表如何更新
LENSLENGTH	存储当前视口透视图中的镜头焦距长度（单位为毫米）
LIMCHECK	控制在图形界限之外是否可以创建对象
LIMMAX	存储当前空间的右上方图形界限，用世界坐标系坐标表示
LIMMIN	存储当前空间的左下方图形界限，用世界坐标系坐标表示
LISPINIT	指定打开新图形时是否保留 AutoLISP 定义的函数和变量，或者这些函数和变量是否只在当前绘图任务中有效
LOCALE	显示用户运行的当前 AutoCAD 版本的国际标准化组织（ISO）语言代码
LOCALROOTPREFIX	保存完整路径至安装本地可自定义文件的根文件夹
LOGFILEMODE	指定是否将文本窗口的内容写入日志文件
LOGFILENAME	为当前图形指定日志文件的路径和名称
LOGFILEPATH	为同一任务中的所有图形指定日志文件的路径
LOGINNAME	显示加载 AutoCAD 时配置或输入的用户名。登录名最多可以包含 30 个字符
LTSCALE	设置全局线型比例因子。线型比例因子不能为 0
LUNITS	设置线性单位。1：科学；2：小数；3：工程；4：建筑；5：分数
LUPREC	设置所有只读线性单位和可编辑线性单位（其精度小于或等于当前 LUPREC 的值）的小数位数
LWDEFAULT	设置默认线宽的值。默认线宽可以以毫米的百分之一为单位设置为任何有效线宽
LWDISPLAY	控制是否显示线宽。设置随每个选项卡保存在图形中。0：不显示线宽；1：显示线宽
LWUNITS	控制线宽单位以英寸还是毫米显示。0：英寸；1：毫米
MAXACTVP	设置布局中一次最多可以激活多少视口。MAXACTVP 不影响打印视口的数目
MAXSORT	设置列表命令可以排序的符号名或块名的最大数目。如果项目总数超过了本系统变量的值，将不进行排序
MBUTTONPAN	控制定点设备第三按钮或滑轮的动作响应
MEASUREINIT	设置初始图形单位（英制或公制）
MEASUREMENT	仅设置当前图形的图形单位（英制或公制）
MENUCTL	控制屏幕菜单中的页切换
MENUECHO	设置菜单回显和提示控制位
MENUNAME	存储菜单文件名，包括文件名路径
MIRRTEXT	控制 MIRROR 命令影响文字的方式。0：保持文字方向；1：镜像显示文字
MODEMACRO	在状态栏显示字符串，如当前图形文件名、时间/日期戳记或指定的模式
MTEXTED	设置应用程序的名称，用于编辑多行文字对象
MTEXTFIXED	控制多行文字编辑器的外观
MTJIGSTRING	设置当使用 MTEXT 命令后，在光标位置处显示样例文字的内容
MYDOCUMENTSPREFIX	保存完整路径至当前登录用户的"我的文档"文件夹
NOMUTT	禁止显示信息，即不进行信息反馈（通常情况下并不禁止显示这些信息）
OBSCUREDCOLOR	指定遮掩行的颜色
OBSCUREDLTYPE	指定遮掩行的线型
OFFSETDIST	设置默认的偏移距离

视频教学

续表

系 统 变 量	说　明
OFFSETGAPTYPE	当偏移多段线时，控制如何处理线段之间的潜在间隙
OLEHIDE	控制 AutoCAD 中 OLE 对象的显示
OLEQUALITY	控制嵌入 OLE 对象的默认质量级别
OLESTARTUP	控制打印嵌入 OLE 对象时是否加载其源应用程序。加载 OLE 源应用程序可以提高打印质量
ORTHOMODE	限制光标在正交方向移动
OSMODE	使用位码设置"对象捕捉"的运行模式
OSNAPCOORD	控制是否从命令行输入坐标替代对象捕捉
PALETTEOPAQUE	控制窗口透明性
PAPERUPDATE	控制 AutoCAD R14 或更早版本中创建的没有用 AutoCAD 2000 或更高版本格式保存的图形的默认打印设置
PDMODE	控制如何显示点对象
PDSIZE	设置显示的点对象大小
PEDITACCEPT	控制在使用 PEDIT 时，显示"选取的对象不是多段线"提示
PELLIPSE	控制由 ELLIPSE 命令创建的椭圆类型
PERIMETER	存储由 AREA、DBLIST 或 LIST 命令计算的最后一个周长值
PFACEVMAX	设置每个面顶点的最大数目
PICKADD	控制后续选定对象是替换还是添加到当前选择集
PICKAUTO	控制"选择对象"提示下是否自动显示选择窗口
PICKBOX	以像素为单位设置对象选择目标的高度
PICKDRAG	控制绘制选择窗口的方式
PICKFIRST	控制在发出命令之前（先选择后执行）还是之后选择对象
PICKSTYLE	控制编组选择和关联填充选择的使用
PLATFORM	指示 AutoCAD 工作的操作系统平台
PLINEGEN	设置如何围绕二维多段线的顶点生成线型图案
PLINETYPE	指定 AutoCAD 是否使用优化的二维多段线
PLINEWID	存储多段线的默认宽度
PLOTROTMODE	控制打印方向
PLQUIET	控制显示可选对话框以及脚本和批处理打印的非致命错误
POLARADDANG	包含用户定义的极轴角
POLARANG	设置极轴角增量。其值可设置为 90、45、30、22.5、18、15、10 和 5
POLARDIST	当 SNAPTYPE 系统变量设置为 1（极轴捕捉）时，设置捕捉增量
POLARMODE	控制极轴和对象捕捉追踪设置
POLYSIDES	为 POLYGON 命令设置默认边数，取值范围为 3~1024
POPUPS	显示当前配置的显示驱动程序状态
PROJECTNAME	为当前图形指定工程名称
PROJMODE	设置修剪和延伸的当前"投影"模式
PROXYGRAPHICS	指定是否将代理对象的图像保存在图形中
PROXYNOTICE	在创建代理时显示通知。0：不显示代理警告；1：显示代理警告

续表

系 统 变 量	说　　明
PROXYSHOW	控制图形中代理对象的显示
PROXYWEBSEARCH	指定 AutoCAD 是否检查 Object Enabler
PSLTSCALE	控制图纸空间的线型比例
PSTYLEMODE	指示当前图形处于"颜色相关打印样式"还是"命名打印样式"模式
PSTYLEPOLICY	控制对象的颜色特性是否与其打印样式相关联
PSVPSCALE	为所有新创建的视口设置视图比例因子
PUCSBASE	存储定义正交 UCS 设置（仅用于图纸空间）的原点和方向的 UCS 名称
QTEXTMODE	控制文字如何显示
RASTERPREVIEW	控制 BMP 预览图像是否随图形一起保存
REFEDITNAME	显示正进行编辑的参照名称
REGENMODE	控制图形的自动重生成
REMEMBERFOLDERS	控制标准的文件选择对话框中的"查找"或"保存"选项的默认路径
REPORTERROR	控制当 AutoCAD 异常结束时是否可以寄出一个错误报告到 Autodesk
ROAMABLEROOTPREFIX	保存完整路径至安装可移动自定义文件的根文件夹
RTDISPLAY	控制实时 ZOOM 或 PAN